Folgendes:

Otto F. Walter über die Kunst, die Mühe und das Vergnügen, Bücher zu machen

Herausgegeben von Martin Zingg

Lenos Verlag

Der Verlag dankt dem Kantonalen Kuratorium für Kulturförderung Solothurn und der Erziehungs- und Kulturdirektion des Kantons Basel-Landschaft für die finanzielle Unterstützung.

Der Band erscheint in Zusammenarbeit mit dem Schweizerischen Literaturarchiv zur Ausstellung in Solothurn und Bern anlässlich des 70. Geburtstags von Otto F. Walter.

Satz und Gestaltung: Lenos Verlag, Basel
Umschlag: Anne Hoffmann Graphic Design, Basel
Foto: Fredi Zumkehr
Printed in Germany
ISBN 3 85787 268 3

Vorwort

Es gab eine Zeit, da hatte Otto F. Walter als Schriftsteller bereits eine grosse Beachtung gefunden – und galt noch immer und vor allem als ein weit herum bekannter „Verlagsmensch". „Ich brauchte", schrieb er später einmal, „zehn und mehr Jahre, um mich als Schriftsteller gegen das eigene Bild des Verlagsmenschen durchzusetzen." Heute ist seine Arbeit in zwei Verlagen, denen er durch seine Kreativität und Tatkraft ein sehr markantes Gepräge gegeben hat, weitgehend vergessen. Durchgesetzt hat sich der Schriftsteller Walter – gegen den Lektor und leitenden Verlagsmitarbeiter Walter, der – in den fünfziger und sechziger Jahren, bis weit in die siebziger Jahre hinein – unzähligen belletristischen und soziologischen Werken den Weg in die Öffentlichkeit geebnet hat.

Ganz vergessen war die Tätigkeit des Verlegers indessen nie. Gelegentlich wurde Otto F. Walter darauf angesprochen, von Lesern und Leserinnen, die erstaunt feststellten, dass sie eben ein Buch gelesen hatten, das er vor Jahren einmal verlegt hatte, sei es im Walter-Verlag (1956–1966) oder bei Luchterhand (1967–1973, für einen Teil des Programms bis 1980). Den Wunsch, einmal über seine verlegerische Arbeit zu berichten, und zwar in Gesprächsform, hegte Otto F. Walter schon lange. Im Frühjahr 1993 war es soweit. Eben hatte er eine längere Erzählung beendet, *Die verlorene Geschichte,* das Werk lag in den Buchhandlungen, es trafen die ersten Reaktionen ein, und Walter zögerte noch, sich an die Fortsetzung des Romans zu machen, den er dieser

Erzählung wegen unterbrochen hatte. Ein günstiger Moment, wie ihm schien, für einen Blick zurück. Rolf Niederhauser bestärkte ihn darin und gab schliesslich den entscheidenden Anstoss. Bereits im Sommer 1993 vereinbarten wir, Otto F. Walter und ich, eine Serie von Gesprächen. Sie sollten ausschliesslich seinem Werdegang als Buchhändler und Verlagsmitarbeiter gelten, und weil sich auch schon bald abzeichnete, dass uns umständehalber nur wenige Dokumente – Aufzeichnungen, Briefe, Bücher, Verzeichnisse oder Verlagsprospekte – zur Verfügung stehen würden, begann er, erste Notizen zu machen.

Die Gespräche waren anfänglich noch ganz unbelastet. Ins Stocken gerieten sie zuweilen, weil es für Walter oft ausserordentlich anstrengend war, einen Jahrzehnte zurückliegenden Sachverhalt möglichst genau in die Erinnerung zu holen. So wurde, wie nebenbei, auch das ein Gegenstand des Gesprächs: wie Erinnerung arbeitet. Erinnern als ein bisweilen mühsamer Vorgang. Als ein Prozess, der keiner glatten Erzählstruktur gehorcht und darum auch Lückenhaftes ins Bewusstsein holt, flüchtige Bilder, nicht selten losgelöst von den Zusammenhängen. Otto F. Walter suchte häufig nicht nur einen Namen, ein Datum, einen Zusammenhang oder einen Titel, sondern auch eine passende, eine möglichst präzise Formulierung. Was ihn schmerzte: Vieles hatte er im Laufe der Jahre einfach vergessen. Die Gespräche waren darum nicht selten auch Suchbewegungen. Es galt, gewisse Momente gleichsam einzukreisen, Spuren zu sichern, und oft gelang es, in Formulierungen, die in erster Linie dem Fortgang des Gesprächs dienen sollten, die verlorene Erinnerung von verschiedenen Seiten her wieder zu gewinnen. Einiges, wie etwa seine Kündigung durch den Walter-Verlag Ende 1966, war nur in Ansätzen überhaupt „erzählbar"; es überlagerten sich zu viele Aspekte, und manches hatte sich längst zur Anekdote verklumpt, vor deren Wiederholung Walter zurückschreckte.

Dass sich Otto F. Walter vergleichsweise genauer und ausführlicher an seine Zeit im Walter-Verlag erinnern konnte, muss nicht erstaunen. In Olten hatte er seinen Ruf als gewiegter Verleger erworben (obschon er sich dort nie „Verleger" nennen durfte, sondern nur „Leiter des literarischen Programms"; die verlegerische Leitung oblag seinem Vorgesetzten, Josef Rast). Das literarische Programm des Walter-Verlags sicherte ihm nicht nur im deutschen Sprachraum grösste Aufmerksamkeit, und ihren Respekt vor dem jungen Talent bezeugten auch Verleger wie Siegfried Unseld, Heinrich Maria Ledig-Rowohlt (der Walters Verleger wurde) oder Gottfried Bermann Fischer. Letzterer war von dem Oltner Kollegen so angetan, dass er ihm am liebsten die Nachfolge in der Gesamtleitung des S. Fischer Verlags anvertraut hätte. Noch im Oktober 1967, als Otto F. Walter bei Luchterhand sein erstes Programm präsentierte, schrieb er diesem: „Dass ich Sie nicht für den SFV (d.i. Samuel Fischer Verlag, MZ) gewinnen konnte, tut mir aufrichtig leid."

Anders die Erinnerungen an seine Zeit beim Luchterhand Verlag. Zwar durfte Walter sich dort immerhin „Mitverleger" nennen (Verleger im strengen Sinn blieb Eduard Reifferscheid, der Eigentümer des Verlags), aber in Neuwied stand er von Beginn an einem ungleich grösseren Betrieb vor. Der Kontakt zu den Autorinnen und Autoren war zwangsläufig nicht mehr so intensiv wie in Olten, weil die Lektoratsaufgaben nun von anderen wahrgenommen wurden. Walter hatte sich um die finanziellen und ideellen Rahmenbedingungen zu kümmern, was natürlich nicht ohne Konflikte abging. Die Erinnerungen an diese Zeit galten eher den grossen Linien und Schwerpunkten, die das Verlagsprogramm konturieren sollten, selten prägnanten Begegnungen mit Autorinnen und Autoren, obschon er sehr viele von ihnen selber in den Verlag geholt hatte. „Ich träume", notierte Walter 1972, „ab und zu von einer Verlagsarbeit, in der es nicht mehr zu 90 Prozent um Organisatorisches, um Verfahrensfragen, um Management, sondern zu vielleicht 40 Prozent um diese wichtigen Dinge gehen könnte."

Schon bald wurden unsere Gespräche überschattet von der qualvollen Gewissheit, dass er krank, unheilbar krank war. Zum einen liess manchmal die Konzentration deutlich nach, gleichzeitig wurden jedoch seine Bemühungen immer intensiver, die Gespräche noch rechtzeitig abzuschliessen. „Habe ich jetzt alles gesagt?" Im Angesicht des nahen Todes verschoben sich naturgemäss die Gewichte, aber seine Ernsthaftigkeit blieb die alte. Das letzte Gespräch, von Walter wie stets mit grösster Sorgfalt vorbereitet, fand in einer Klinik am Genfersee statt, in Montreux, wohin er sich für eine Weile zurückgezogen hatte – und wo ihn zahlreiche Anrufe und Briefe von Kolleginnen und Kollegen erreichten. Nicht wenige unter ihnen kannte er bereits aus seiner Zeit als Verleger.

„Habe ich jetzt alles gesagt?" Natürlich hat er nicht alles gesagt. Zum einen, weil die verlegerische Arbeit nicht ohne Verluste darstellbar ist; auch diese Tätigkeit kennt viel Routine, und manches wirkt von aussen her unspektakulär oder bleibt gar unsichtbar. Und zum andern: Hätte Otto F. Walter die letzten Gespräche überarbeiten können, wären ihm gewiss noch viele Einzelheiten eingefallen, weitere Namen, Titel, Ereignisse, und möglicherweise hätte er da und dort die Akzente verschoben. Aber auch in der vorliegenden Form, denke ich, machen die Gespräche deutlich, wie ungeheuer breit, wie vielfältig Walter als Verleger interessiert war. Und: mit welchem Erfolg. Ein untrügliches Zeichen für sein Gespür ist nicht zuletzt die Tatsache, dass einige seiner Verlegerkollegen immer wieder versuchten, ihm den einen Autor oder die andere Autorin abspenstig zu machen, und diese Abwerbebemühungen machten selbst vor seinen Lektoren und Lektorinnen nicht halt. Otto F. Walter konnte das durchaus als Kompliment verstehen. Er bewegte sich auf beiden Seiten, er war, seltener Fall, Schriftsteller *und* Verleger.

Als Schriftsteller hatte er schon sehr früh seinen unverwechselbaren Stil und seine Themen gefunden – und wurde seinerseits von einem Verlag betreut. Als Verleger wiederum interessierten ihn die verschiedensten literarischen Kosmen und Schreibweisen; er war unermüdlich auf der Suche nach neuen Stimmen. Seine Offenheit, das belegen die von ihm edierten Werke, war immens. Dass er selber über längere Zeit nur unregelmässig und mit Mühe zum Schreiben kam, war unter anderem der Preis dafür. In vielen Briefen, vor allem aus der Oltner Zeit, führt er Klage darüber, dass er für seine schriftstellerische Arbeit keine Zeit finde, der „Moloch Verlag" fresse ihn auf. Wie sehr, mit welcher Leidenschaft er diesem „Moloch" verfallen war, ein Büchernarr mit Haut und Haar und einem klaren Blick für literarische Qualität und ökonomische Realitäten, davon sollen die folgenden Seiten einen Eindruck vermitteln.

Begonnen wurden die Gespräche als ein gemeinsames Projekt von Otto F. Walter und mir; nun sind sie sein Vermächtnis geworden. Wenn daraus je ein Buch werden sollte, sagte Jörg Steiner einmal im Vorübergehen, dann müsse es „Folgendes:" heissen. Mit diesem Wort habe Otto F. Walter seine Äusserungen, wenn er ihnen besonderen Nachdruck verleihen wollte, gerne eingeleitet. Nun gibt es dieses Buch, und der Titel passt dazu. Dass es möglich geworden ist, habe ich vielen zu verdanken. Mitgeholfen, direkt und indirekt, mit Rat und Tat verschiedenster Art, haben Guido Elber, Franziska Grob, Armin Heusser, Corinna Jäger-Trees, Vrony Jäggi, Arnold Lüthy, Rolf Niederhauser, Heinz F. Schafroth, Dominique Walter und Michèle Scholl Walter. Ihnen allen gilt mein herzlicher Dank.

Basel, im März 1998 Martin Zingg

1. Teil

„Folgendes:“ – Vier Gespräche

22. September 1993

Martin Zingg:
Sie waren, bevor Sie Verleger wurden, und später Autor, zunächst einmal Buchhändler.

Otto F. Walter:
Über den Verleger müssen wir später noch reden – ich war so etwas wie Verleger-Darsteller, nicht der Verleger als Kapital-Inhaber. Oder, um es mit einem Bild zu sagen: Ich war nicht der Reeder, sondern eher der vom Reeder angeheuerte Kapitän.

Merkwürdig, wie Erinnerung in uns arbeitet. Ich jedenfalls stelle immer wieder fest, dass sie zu meinen Gunsten wirkt. Sie zeigt in hellem Licht, was war, solange ich dabei gut wegkomme. Was misslang, blendet sie langsam aus. Dieser Tatsache will ich mir hier bewusst bleiben. Ebenso übrigens jener, dass eigentlich jede Etappe in meiner Existenz zunächst einmal durch eine Krise ausgelöst und in Gang gesetzt wurde, durch als zu gross empfundenen äusseren oder inneren Druck, was sich wohl meist gegenseitig bedingte – beispielsweise mein Rauswurf aus dem Gymnasium „Mariahilf" in Schwyz. Der Name ist Omen –

Maria hat nicht geholfen?

Die äussere Ursache lag in einer Mischung aus rüpelhaftem Verhalten und Schulverweigerung. Vor allem in den naturwissenschaftlichen Fächern war ich unter allem Hund, und diese Kombination lag dann – begreiflicherweise – nicht mehr drin. Kurzum: Ich wurde von meiner Mutter über den Brief des Rektors aus Schwyz informiert, wonach meine Anwesenheit nicht mehr erwünscht sei. Mein Vater war zwei Jahre zuvor gestorben, 1944. Er hatte vor allem Schulden hinterlassen, allerdings auch ein grosses, belastetes Haus sowie Aktien am Walter-Verlag in Olten. Meine Mutter erklärte: Jetzt kann ich dir nicht mehr helfen. Wenn du eine Lehre machen willst – ungefähr das einzige, was mir in meiner Vorstellung an Zukunft noch blieb –, dann musst du dir halt eine Lehrstelle suchen.

So machte ich mich dann auf nach Basel – wir wohnten damals in Rickenbach bei Olten – und klapperte die einschlägigen Firmen des Verlagswesens wie des Buchhandels ab. Resultat: kultivierte Gespräche mit kultivierten Herren, die ihr Erstaunen darüber, dass da der Namensträger des Walter-Verlags mit der Bitte um eine Lehrstelle erscheint, nicht verbargen. Eine Lehrstelle hatten sie für mich nicht. Durch Vermittlung eines grossen Versandbuchhändlers katholischer Schriften, Josef von Matt in Stans, bekam ich schliesslich eine Lehrstelle bei Rudolf Schürch am Bahnhofplatz in Zürich, einer Buchhandlung, die heute nicht mehr existiert.

Das war eine eigentliche Passanten-Buchhandlung, mit Antiquariat. Der damals etwa 75jährige Boss, stark gehbehindert, sass ganz hinten in seiner Koje und rief, ohne sich umzudrehen, die „Nehmer der Arbeit" zur Befehlsausgabe namentlich und einzeln zu sich. Sein 40jähriger Sohn tauchte täglich für zwei, drei Stunden aus irgendwelchen Bars auf, immer unvorhergesehen, entschlossen, den Laden auf Trab zu bringen. Das tat er denn auch, laut herumschimpfend. Wir waren neun Angestellte und zwei Lehrlinge, die Myrtha und ich. Wir beide wurden bei unseren Vornamen gerufen. So hob denn meine Zukunft an, buchstäblich mit Päckchen austragen vom Keller zur Post, quer über den Bahnhofplatz, mit einem Stapel Pakete, bis unters Kinn, zwischen den Tramzügen und Autos durch, eine grosse Ledertasche mit Briefen über die Schulter gehängt. Ich habe mich ungeheuer geschämt – ich, der kurz zuvor noch kühne Gymnasiast, der von der grossen akademischen Freiheit geträumt hatte. Ich hoffte immer, es möge mir nur ja kein ehemaliger Schulkollege begegnen.

Dennoch: Insgesamt war es eine höchst lebendige Zeit, nicht zuletzt, weil der Sortimentsleiter ein kluger, erfahrener Buchhändler war und im Grunde der einzige, der wirklich etwas vom Buchhandel verstand. Es war anregend und lustig, zumal mir allmählich erlaubt wurde, Kunden zu bedienen. Ich wettete zum Beispiel mit dem Sortimentsleiter darum, wer von uns wieviele Exemplare von welchem Buch pro Tag verkauft. Davon verkaufe ich 23 Stück bis am Abend! – Von diesem Bromfield-Roman? Das schaffen Sie nie! Jeder von uns hat auf ein Buch gesetzt, und dann marschierte halt jeder zweite Kunde mit „meinem" oder „seinem" Buch unterm Arm aus der Tür. Ich bekam auch Einblick in das Antiquariatswesen, das mich interessierte. Das Antiquariat befand sich im 5. Stock, es gab einen uralten Lift da hoch.

Ich wohnte bei Verwandten, so war ich für meine Mutter vergleichsweise sicher aufgehoben in diesem Pfuhl, den Zürich ja aus der Perspektive des solothurnischen Gäus darstellte. Der Lohn? Das waren achtzig Franken im ersten Jahr, im zweiten vielleicht hundertzwanzig, im dritten dann hundertachtzig. Ich fuhr ein- oder zweimal pro Woche hin und her, denn ich ging damals mit der Nachbarstochter in Rickenbach, die ich später geheiratet habe.

Ich besuchte natürlich auch die Berufsschule und lernte all die Tätigkeiten, die zum Buchhändlerberuf gehören – beispielsweise ein Schaufenster gestalten oder in der Buchhaltung arbeiten, das Aufräumen und Einordnen der Bücher, bis zur Teilnahme an einem Vertreterbesuch, wenn der Sortimentsleiter die Bestellungen für das jeweils neue Programm der Verlage aufgibt.

Ich muss sagen, dass ich damals von Literatur furchtbar wenig wusste. Immerhin hatte ich zu Hause die Möglichkeit, die Romantiker zu lesen, was ich, ermuntert durch meine Schwester Silja, getan habe, und die klassischen Russen, von Gogol, Puschkin, Turgenjew, Dostojewski, Tolstoi bis zu Lesskow.

Neben meinem Arbeitsplatz in der Buchhandlung hatte ich ein Exemplar von Dostojewskis *Dämonen.* Das Buch war neu erschienen, ich glaube bei Rascher. Vorn gab's einen Stapel der *Dämonen.* Wenn ich im Laden bedienen musste, las ich immer ganz kurz mal vielleicht eine halbe Seite weiter, während der Kunde sich umschaute. Sobald ich an meinem Arbeitsplatz zurück war, las ich wieder, je ein weiteres Exemplar hatte ich im Keller und im Buchlager, und ein viertes im Antiquariat oben. Und eins hatte ich noch in meiner Tasche, wo ich drin las, wenn ich im Tram unterwegs war. So las ich diese achthundert Seiten innerhalb kürzester Zeit.

Damals entdeckte ich auch Georg Trakl. Eine schön illustrierte Ausgabe, ich habe sie übrigens noch. Auf dem Buchmarkt gab's natürlich massenhaft diese damals bekannten gehobenen Unterhaltungsautoren und -autorinnen, Bücher wie *So grün war mein Tal* usw.

Gab es nicht auch sehr viele Übersetzungen?

Ja. Es gab aber auch Heinrich Federer, es gab Camenzind, einen Aroser Autor, der Ärzteromane schrieb – Sie sehen, es will mir nicht viel einfallen. Literarische Verlage gab es kaum. Das, was wir heute unter Literatur im engeren Sinne verstehen, wurde in der Schweiz bei Arche verlegt, allenfalls, und das hiess damals: Werner Bergengruen, Wiechert, Carossa. Deren Sachen hab ich wahrgenommen und gelesen.

In diese Zeit, also 1946/47, fallen auch die ersten dramatischen Veröffentlichungen von Friedrich Dürrenmatt und Max Frisch.

Ja, und die sind damals an mir vorbeigegangen, muss ich gestehen. Bis auf eine Ausnahme. Da hat mir nämlich meine Schwester Roswitha zu Weihnachten den kleinen Band *Nun singen sie wieder* eines mir nicht bekannten Max Frisch geschenkt. Das hab ich in der Mitternachtsmesse zu Weihnachten verbotenerweise gelesen und war sehr angetan.

Max Frisch war auch anderen damals noch nicht so bekannt. Gab es weitere Autoren oder Werke, von denen Sie beeindruckt wurden?

Nein, eigentlich habe ich damals von den Autoren und Autorinnen, die wir als die „Literatur nach 1945" empfinden, niemanden wahrgenommen. Ich kann mich auch nicht erinnern, dass deren Werke in der Buchhandlung auftauchten. Sicher waren einige deutsche Verlage präsent, der Fischer Verlag mit Thomas Mann und Stefan Zweig etwa. Es gab wahrscheinlich sogar die Fischer-Ausgabe von Hesse, das war grad die Zeit der Gründung des Suhrkamp Verlags durch Peter Suhrkamp, der bei Fischer als Leiter ausgetreten war und den eigenen Verlag aufzubauen begann.

Also da war zunächst mal sehr wenig. Erwähnen muss ich allerdings, dass mir in dieser Zeit zum ersten Mal Hemingway in die Hände kam, und dann vor allem Faulkner. Faulkner war für mich eigentlich der Grösste, ist es vielleicht sogar geblieben.

Sie haben also eine dreijährige Lehre absolviert als Sortimentsbuchhändler, sind dann aber nicht in dieser Buchhandlung geblieben. Was kam danach?

Ich denke, dass in meinem Familienclan und damit auch in meinem Bewusstsein – obschon auch Zweifel vorhanden waren – die Vorstellung herumschwirrte, dass ich in die Fussstapfen meines Verlegervaters zu treten hätte. So wollte ich mir nach dieser Lehre, die übrigens durch eine Rekrutenschule, eine Unteroffiziersschule und nochmals eine Rekrutenschule als Unteroffizier unterbrochen worden war, eine Vorstellung des technischen Bereichs, der Druckerei und allem, was damit zusammenhängt, aneignen. Dabei half mir der damalige Direktor des Walter-Verlags für „kulturelle

Angelegenheiten", wie das hiess, indem er mir ein Volontariat verschaffte bei der Druckerei Bachem in Köln.

Das war eine grosse Druckerei, mit Zeitungen, auch Büchern, und ich ging nach der Lehre dorthin. Ich logierte in einer kleinen Pension, in einer Stadt, wo ich zum ersten Mal die Zerstörungen des Kriegs sah. Ein mich zutiefst erschütterndes Bild: Obdachlose, Leute, die Eisen klauten nachts, oder Kohle – eine Schwarzmarktwelt, sobald es dunkel wurde. Ich fühlte mich völlig verloren und merkte, dass ich bisher vollkommen anders gelebt hatte. Dass ich von ganz anderen und im Grunde höchst harmlosen Abgründen des Lebens verschlungen worden war im Vergleich zu dem, was diese Menschen erlebt hatten. Ich kam mir entsprechend als Outsider vor.

Ich befreundete mich mit Leuten in der Druckerei, vor allem mit einem, dem ich zugeteilt war und der dafür sorgte, dass ich in einem gewissen Rhythmus die Abteilungen durchlief, von der Satz- in die Tiefdruckabteilung, vom Buchdruck in die Buchbinderei. Die Inhaber dieses Ladens kriegte ich kaum zu Gesicht, das waren so etwas wie Herrenreitertypen, sehr katholisch alle, wie immer in meiner damaligen Umwelt, aber es war für mich eine ganz wichtige Erweiterung meines Blickfelds. In fast jeder Hinsicht. Mein Aufenthalt dauerte bis Mai des folgenden Jahres, und danach kam ich zurück und trat in den Walter-Verlag ein.

1950 also beginnt Ihre Arbeit im Walter-Verlag, und da treten Sie ein als der Sohn des verstorbenen Verlegers, der auch der Gründer des Verlags war. In welcher Funktion steigen Sie da ein, wer sind Sie nach diesem Eintritt?

Vielleicht ganz kurz zum Walter-Verlag: Mein Vater hatte 1916 eine winzige Druckerei mit zwei Maschinen gekauft, eine Zeitungsdruckerei in Olten. Zuerst auf eigene Rechnung, dann hat er eine Aktiengesellschaft daraus gemacht. Er besass nie die Aktienmehrheit – der Verlag hat ihm also genau besehen juristisch nie gehört. Aber er war einfach die dominierende Figur, hat ihm den Namen gegeben, war lange Jahre Direktor und hat die katholische Tageszeitung „Der Morgen" redigiert.

Aus dieser Tageszeitung und dem dazugehörenden Druckereibetrieb ist dann der Verlag entstanden?

Ja, eine grosse Druckerei, mit in den besten Zeiten 400 Mitarbeitern, mit einer Zweigniederlassung, erst in Konstanz, später in Freiburg im Breisgau, mit einer Buchbinderei in Heitersheim und so weiter. Mit Populärschriften beginnend, Hauptschlager: *Pfarrer Künzlis Kräuterheilbuch,* gab der Verlag katholische Familienzeitschriften wie „Der Sonntag" heraus, später „Die Woche im Bild". Das waren die tragenden Säulen neben populärer katholischer Literatur.

Mein Vater flog dann raus, kurz vor seinem Tod, wobei die Tatsache, dass er sich in einem bestimmten Rhythmus alkoholisierte, eine wichtige Rolle spielte. Er hat nochmals einen eigenen Verlag gegründet. Ein Jahr später machte er sozusagen den Gegenputsch und wurde dann wieder Verwaltungsratspräsident im Walter-Verlag. Aber das war alles schon längst Geschichte, als ich hinkam. Inzwischen gab es einen Verwaltungsrat, es gab jährlich eine Generalversammlung. Meine Mutter, meine Schwestern sowie mein

Onkel und andere Verwandte, auch Freunde meines Vaters besassen gemeinsam etwa 40 Prozent der Aktien – stellten also mit Abstand den stärksten Block dar. Aber diese „Streitmacht" war nicht organisiert, respektive ungeheuer schwer organisierbar.

Man trat also nicht geschlossen auf?

Einer meiner Schwäger und ein anderer Verwandter waren im – ich glaube: siebenköpfigen – Verwaltungsrat zu der Zeit, als ich eintrat. Der Direktor, Josef Rast, empfing mich und sagte, er könne mich schon ins Unternehmen aufnehmen, aber ich sei ein Angestellter wie jeder andere, die Treppe raufgehen müsse ich selber. Das fand ich eine faire Ausgangslage. Schwierig wurde es, weil ich das Gefühl bekam, noch mehr Treppen steigen zu müssen als alle andern, denn ich musste im Buchlager, und das lag im Keller, beginnen. Fast ein halbes Jahr lang habe ich mit zwei Lageristen – es waren beide nicht gerade die hellsten unter der Sonne, liebe Kollegen, beide stark, im Gegensatz zu mir körperlich stark – damit verbracht, Berge von Büchern von da nach dort zu tragen und wieder zurück.

Ich habe dann bei der Direktion vorgesprochen und gesagt, das hätte ich jetzt gelernt, das hätte ich immerhin schon gekonnt von der Buchhandlung in Zürich, und so kam ich in die Auslieferung. Das hiess dann einfach Rechnungen schreiben, was ich getan habe.

Und da taucht nun Jakob Hegner auf: eine höchst gepflegte, weltmännische Erscheinung mit schlohweissem Haar. Ab und zu hatte er beim Buchhändler Schürch reingeschaut, wenn er in Zürich war. Er kannte mich von Olten her, wo ich einmal zusammen mit ihm bei Josef Rast eingeladen war. Jetzt, zwei Jahre später, ging ich durch den Flur im Walter-Verlag, daran erinnere ich mich sehr genau, und Hegner kam mir entgegen. Er blieb stehen und sagte: Ja, Sie sind doch der junge Walter, wie geht's denn? Da hab ich gesagt, es sei ein bisschen langweilig, aber man komme über die Runden. Und er sagte: Ja, ich weiss eigentlich gar nicht, was die alle haben, Sie sehen ja ganz vernünftig aus. Was machen Sie jetzt? Er hat sich genau erkundigt und fragte dann, ob ich stenographieren könne. Ich sagte, ja, hab ich gelernt. – Gut, dann kommen Sie doch zu mir, kommen Sie gleich mit. Er nahm mich am Arm, trat ohne anzuklopfen beim Direktor ein und sagte: Du, was ist da eigentlich vorgesehen mit dem Walter, der sieht doch ganz vernünftig aus, ich weiss gar nicht, was ihr habt. Gib den doch mir, dann schauen wir mal, wie das weitergeht. Rast sagte, ja, doch, warum nicht, deine Sekretärin hat geheiratet, wenn er also als Sekretär bei dir eintreten will – und hat mich angeschaut. Ich nickte. So wurde ich einziger Angestellter des Mini-Verlags, der früher Summa-Verlag geheissen hatte und nun Jakob Hegner Verlag hiess und eine kleine Tochtergesellschaft des Walter-Verlags war.

Hegner hatte den Krieg als jüdischer Emigrant in England verbracht. Er war, ein Verdienst übrigens von Rast, nach dem Krieg in die Schweiz geholt worden, um den eigenen Verlag wieder aufzubauen, und hatte der Druckerei Bachem in Köln eine erste kleine Tochtergesellschaft angehängt, so dass dann die Verlage Walter und Bachem eigentlich diese Tochtergesellschaft Hegner Verlag trugen. Hegner selbst lebte in Lugano und kam jeden Monat ein paar Tage nach Olten, wo ich das Büro betreute.

Also haben Sie weiterhin im Walter-Verlag gearbeitet, aber für die Tochterfirma?

So ist es.

Und die Verantwortung für das literarische Programm des Hegner Verlags lag bei Jakob Hegner?

Hegner war damals bereits eine Legende. Er hatte 1912 den Hellerauer Verlag Jakob Hegner, später auch eine Druckerei gegründet. Übrigens hatte er mit dem Gründer des Rowohlt Verlags, Ernst Rowohlt, zusammen eine Zeitlang einen Verlag betrieben, in jener Zeit auch zweimal Konkurs gemacht, und er galt in zweierlei Hinsicht als ausserordentliche Figur. Erstens war er der Erneuerer der Typographie im deutschen Sprachgebiet, man kann geradezu sagen: der Buchkultur. Er entdeckte die alten, schönen italienischen Schriften wieder, Bodoni und wie die alle heissen, die heute gang und gäbe sind. Lange Zeit waren sie verdrängt gewesen von den Frakturschriften, die vor allem von den Nazis gepflegt worden waren als besonders „deutsch". Das war das eine: die Erneuerung der Buchkunst.

Zweitens galt er als der führende Verleger für avancierte christliche Literatur, und zwar europäische christliche Literatur. Vor allem für französische, also: Paul Claudel, Georges Bernanos, Charles Péguy u.a. Hegner war jüdischer Herkunft und hatte, aus mir bis heute nicht erfindlichen Gründen, zum Katholizismus konvertiert – etwas, was er zugleich, wie so manches, dauernd ironisierte.

Gehört Teilhard de Chardin in diesen Umkreis?

Der kam später, durch meine Vermittlung, zum Walter-Verlag. Es gab neben den Genannten noch Reinhold Schneider, Edzard Schaper. Aber die Franzosen stammten aus den zwanziger Jahren, Hegner hatte sie zum ersten Mal in Deutschland bekannt gemacht. Es wären noch viele Namen zu nennen, bis hin zu einer grossen kritischen Kierkegaard-Ausgabe und einer Bibelübersetzung durch Martin Buber, mit dem er befreundet war. Ich hab ihn mal zu einem Treffen mit Buber nach Zürich begleitet, immer als Sekretär.

Ein Drittes noch: Hegner ist einer der farbigsten, weil vielleicht auch in seinem persönlichen Auftreten freiesten Menschen gewesen, die ich je getroffen habe. Mit einer Weltläufigkeit im Denken, natürlich auch bedingt durch seine Biographie. Er war stark vom Bauhaus und der Neuen Sachlichkeit geprägt, was sich an dem von ihm gepflegten Buchtyp sehr deutlich ablesen lässt. Übrigens war er gnadenlos, wenn es um die äussere Gestalt des Buches ging. Da hat er mich sozusagen erzogen. Wir haben stundenlang, ich immer in der Funktion seiner „linken Hand", mit dem Hersteller im Verlag zusammengesessen, um zu überlegen, welche Schrift mit welchem Papier, mit welcher Art von Leinen, von Leinenschildchen auf dem Rücken zu verbinden wäre. Das waren subtile, sehr spannende und schöne, für mich lehrreiche Stunden.

Er hat mir auch Knöpfe abgeschnitten an meiner Jacke,

weil er fand, entweder muss hier ein Knopf sein, dann ist da auch ein Knopfloch – wenn aber kein Knopfloch da ist, muss der Knopf weg! Das war typisch für ihn. Er war tatsächlich das, was man einen Lehrmeister im alten Sinn nennt. Er korrigierte mich auch, wenn ich hingelümmelt auf dem Stuhl ihm gegenüber sass: Das können Sie bei mir durchaus machen, aber denken Sie daran, wenn wir mit Herrn Holtzbrinck über eine Buchklubausgabe verhandeln, da müssen Sie dann als Gentleman antreten. Und bitte auch keine braune Jacke, no brown …

Ein strenger Lehrmeister, weit über das Buch hinaus.

Er vermittelte einen Lebensstil: Ein Verleger hat besessen zu sein, sagte er, und er hat die Welt zu überblicken. Er hat grosszügig zu sein, und muss gleichzeitig ungeheuer hart rechnen. Wenn über Beträge über 5000 Mark verhandelt wird, geht man in den „Frankfurter Hof" und nicht darunter, und so weiter.

Ich habe ihn häufig an Buchmessen begleitet und auf unzähligen geschäftlichen Reisen. Er konnte unheimlich witzig und immer auch selbstironisch sein. Die Höhepunkte waren, wenn er alle drei bis vier Wochen aus Lugano nach Olten kam. Er blieb jeweils für drei Tage. Er brachte alles, was er an Briefen bei sich aufgestapelt hatte, mit und diktierte mir die Antworten herunter. Das war sehr hart, aber ich hatte das ja gelernt. Um halb neun stand er in der Regel im Büro, und um halb zehn sagte er, jetzt brauche ich einen Cognac, worauf ich sagte, Herr Hegner, bitte noch nicht, wir müssen diesen Brief fertigmachen. Und so um elf

Jakob Hegner

Der Verleger und Übersetzer Jakob Hegner (1882–1962) gründete 1912 den Hellerauer Verlag Jakob Hegner und 1918 die Hellerauer Druckerei. Beide Firmen erloschen 1930. Im Jahre 1936 emigrierte Hegner erst nach Wien, dann nach London. Zurück aus dem Exil, gründete er 1947 in Olten, mit Unterstützung des Walter-Verlags, den Summa-Verlag, 1949 in Köln den Jakob Hegner Verlag GmbH. Besondere Verdienste hat sich Hegner um die Typographie und die Buchgestaltung erworben. Nach seiner Konversion zum Katholizismus pflegte sein Verlag katholische Belletristik, Philosophie und Theologie. Wichtige Autoren seines Verlages waren Paul Claudel, Francis Jammes, Georges Bernanos, B. Marshall, deren Werke er zum Teil selber ins Deutsche übertragen hat.

sagte er, Himmel, Herrgott, Arsch und Zwirn, jetzt will ich einen Cognac, sonst geh ich in die Kneipe und diktier dort weiter. Dann gingen wir in den „Aarhof“, und er diktierte dort weiter und trank da seinen Cognac, weil ich keinen mehr im Schrank hatte für ihn. Das war sehr amüsant. Er konnte wunderbar formulieren. Martin Buber schrieb er beispielsweise: „Sie wissen ja, ich als Katholik usw. ...“ – und dabei waren sie beide Juden – „... ich muss doch eigentlich recht bekommen in dieser theologischen Streitfrage, denn der liebe Gott ist, wie Sie wissen, ja auch katholisch.“ Solche Sprüche konnte er am laufenden Band machen, und ich musste mitschreibend, stenographierend, sehr häufig lachen.

Und dann ergab sich eine weitere Aufgabe. Natürlich gingen viele Manuskripte im Verlag in Olten ein, die ich umadressieren musste. Ich öffnete sie, las darin und schrieb meinen Senf dazu. Immer mit Maschine ein Kürzestgutachten, impressionistisch. Meine Buchhändlerlehrlingskenntnisse hab ich da zum besten gegeben, und das hat Hegner offensichtlich amüsiert. Eines Tages sagte er, jetzt möchte er aber wirklich mal ein Gutachten, und ich solle mich abends hinsetzen – bitte nicht in der Geschäftszeit, da werde gearbeitet. Und so wurde ich eine Art Vorlektor.

Daraus ergaben sich neue Gespräche, über Literatur, über Relativsätze – er hasste das Wort „welche“, zum Beispiel. Er sagte, bitte kein Dativ-E in meinen Briefen, „vom Berge gibt es nicht“ und so weiter. In dieser Hinsicht war er hart, er war Stilist. Er war übrigens auch Übersetzer einer Reihe seiner Autoren, aus dem Englischen und Französischen.

Mitte der fünfziger Jahre war diese Zeit zu Ende, weil der

Hegner Verlag Olten in die roten Zahlen kam und der Walter-Verlag seine Anteile an den Mitinhaber, den Bachem Verlag in Köln, verkaufte.

Wie gross war am Ende Ihr Einfluss auf das Programm des Hegner Verlags?

Jedenfalls nicht so, dass irgend etwas aus meinen Initiativen entstanden wäre. Es gab für Hegner eine definitive Sperre für jede Literatur nach Thomas Mann. Er war damals schon über siebzig, und die jungen Deutschen hat er als buchhändlerisches Phänomen oder Marktphänomen zur Kenntnis genommen, die „Kahlschlagliteratur“: die müssen jetzt halt von vorn anfangen und so. Aber irgendwann werden die auch wieder schreiben lernen, und dann wird Zeit sein, wieder jüngere Autoren aufzunehmen.

War nicht Hermann Lenz damals ein Hegner-Autor?

Ich erinnere mich nicht genau, ob es über Hegner lief, dass Hermann Lenz in den Verlag kam. Er wurde dann weiter betreut bei Bachem in Köln, noch ein paar Jahre über Hegners Tod hinaus. Damit hatte ich aber endgültig nichts mehr zu tun.

Das Ende des Hegner Verlags bedeutete auch das Ende Ihrer Arbeit als Sekretär. Wie ging es nun weiter?

Es ging eigentlich nahtlos weiter, denn inzwischen war ich immer dabei, da ich ja ständig hinter Hegner hertraben musste, auch abends, weil er mich bat, ein paar Dinge zu notieren. Ich war also auch dann dabei, wenn er mit den Spitzen des Walter-Verlags zusammensass. Da gab es ausser dem Doktor Rast den Doktor Meyer, und es gab einen vorzüglichen Mann, einen Lektor für Kulturgeschichte, Geistesgeschichte, mit einer Neigung zum Esoterischen, Doktor Karl Ledergerber. Der hatte unter anderem auch Jugendbücher, sagen wir: Jugendromane, zu betreuen. Und ausserdem eine Reihe mit Musikerbiographien. Und diesem Herrn Ledergerber wurde ich zugeteilt als Hilfslektor. Von ihm übernahm ich die beiden letztgenannten Bereiche und hab da wacker versucht, Lizenzen für diesen Jugendbuchsektor zu kaufen. Ich hatte einen unglaublichen, für mich völlig überraschenden Erfolg mit *Die Insel der blauen Delphine.* Dieses Buch bekam nämlich den grossen deutschen Jugendbuchpreis, und damit waren 100'000 Exemplare garantiert für alle deutschsprachigen Bibliotheken. Im übrigen betreute ich als Lektor auch die Musikerbiographienreihe. Ich lektorierte eine Bach-Monographie, eine Bizet-Monographie, eine Monographie über de Falla, für mich neue Welten. Ich erstellte Register und erledigte die tägliche lektorale Fronarbeit.

Nebenher war ich in der Werbeabteilung, habe Werbetexte geschrieben, war nochmal kurz in der Vertriebsabteilung und habe abends beim Hersteller Theo Frey, einem weit über die schweizerischen typographischen Kreise hinaus bekannten Buchgestalter, so etwas wie Privatunterricht nehmen können.

Privatunterricht in Gestaltung?

Immer wieder ging es auch um Druckverfahren, das wollte ich noch genauer wissen. Ich habe mich mit den wirklichen Problemen, mit denen eine Druckerei zu kämpfen hat, herumgeschlagen und mehr und mehr auch den Eindruck bekommen, dass in dieser Beziehung von der Leitung des Verlags her einiges im Argen lag. Das versuchte ich schüchtern irgendwo mal einzubringen – chancenlos. Aber gut, die obere Führungsschicht, inklusive das Lektorat, war ausschliesslich von Leuten besetzt, die nie in der Praxis gearbeitet hatten, sondern direkt von der Uni gewissermassen oben eingeflogen worden waren. Die nicht wussten, wie der Buchhandel funktioniert. Und auch nicht, wie eine Druckerei funktioniert, oder die Werbung oder das Lizenzwesen, all diese einzelnen Fachgebiete. Das war denen alles fremd und störte sie nur bei ihren grossen akademischen Ausflügen.

Ich hatte alle diese Abteilungen durchlaufen, wirklich im Keller angefangen und bei Hegner zusätzlich eine Verlegerausbildung gekriegt, und so ergab es sich allmählich, dass ich darum bat, pro Jahr ein Buch machen zu können, ein literarisches Buch nach meiner Vorstellung. Ich fand die belletristische Produktion mit für mein heutiges Gefühl schrecklichen Autoren wie Louis de Wohl und F.H. Achermann nicht befriedigend.

Gab es denn im Walter-Verlag schon eine belletristische Produktion? Und: War das christliche Erbauungsliteratur?

Ja, mehr oder weniger. Dabei muss ich gerechterweise sagen, dass es einen theologischen Flügel gab, der vergleichsweise kühne Dinge, in kirchlichen Kreisen nicht akzeptierte, ans Häretische grenzende Schriften publizierte. Es gab einen stark wachsenden Flügel kulturgeschichtlicher Werke, die populär waren. Ebenso Reiseführer, die vor allem das Verdienst von Direktor Rast waren, der sie als Fotograf auch selbst ausstattete. In diese Konstellation hinein kam mein Vorschlag für eine winzige Spielwiese, mit einem sehr begrenzten Budget – es dürfe nicht mehr als etwa 20'000 Franken pro Jahr kosten, beschied man mir.

Ein Versuch also, neuere Literatur, die nicht primär christlich zu sein brauchte, zu präsentieren. Wie sind Sie dabei vorgegangen?

Folgendes: Ich muss zuerst noch erwähnen, dass ich in Olten eine Buchhandlung gegründet hatte, weil ich mir bezüglich meiner buchhändlerischen Kenntnisse unterbeschäftigt vorkam. Ich hatte damals, also Mitte der fünfziger Jahre, die vage Vorstellung, dass ich eigentlich schreiben wollte. Und vielleicht, so dachte ich, könnte ich mit der Buchhandlung ein Drittel meines Lebensunterhaltes verdienen. Eine grausam falsche Vorstellung, aber immerhin – zusammen mit einem Freund wurde die Buchhandlung gegründet, es gibt sie immer noch. Er hat die Buchhandlung später ganz übernommen, das heisst meine Anteile, die auf Pump gekauft waren. Aber es war ein wichtiger Ausflug, denn durch diese Buchhandlung kam ich in Berührung mit der Zeitschrift „Texte und Zeichen“. Da hat bei mir einiges geklingelt.

„Texte und Zeichen“ war damals *die* literarische Zeitschrift: von Alfred Andersch bei Luchterhand herausgegeben. Sie versammelte sozusagen die Elite des zeitgenössischen Schreibens und Denkens. Deutsche Autoren, daneben auch Übersetzungen. Aus Frankreich Sartre und Beckett, aus Amerika Faulkner etc.

2. November 1993

1956 erscheint im Walter-Verlag ein kleines Büchlein, verfasst von Klaus Roehler und Gisela Elsner, das den merkwürdigen Titel Triboll *trägt. Das Buch haben Sie zu verantworten. Wie ist es zu dieser Veröffentlichung gekommen?*

In der Zeitschrift „Texte und Zeichen“ las ich eine Geschichte von Klaus Roehler, ich glaube, sie hiess „Die Würde der Nacht“. Ich schrieb an den Herausgeber der Zeitschrift und bat ihn, einen Brief an den Autor weiterzuleiten. Klaus Roehler schickte mir dann nicht seine Erzählungen, sondern „Kürzestgeschichten“, die er gemeinsam mit Gisela Elsner verfasst hatte. Über dieses Manuskript wurden wir uns auf dem Korrespondenzweg rasch einig. Ich durfte Klaus Roehler im Namen des Verlags nach Olten einladen, er übernachtete da, wir sassen auch abends zusammen, das Buch erschien. Es war natürlich zunächst ein völlig verlorener Farbtupfer in einem ganz anderen Programm und wurde von der Öffentlichkeit wohl eher als Irrläufer wahrgenommen ...

Wie war denn die Kritik?

Es gab einige wenige literarische Kritiker, die das Buch beachtet und auch besprochen haben, insgesamt war es sicher, zumindest buchhändlerisch, ein Misserfolg – aber es war ein Anfang. Zudem lernte ich über den Brief an die Zeitschrift Alfred Andersch kennen.

Den Herausgeber der „Texte und Zeichen"?

Genau. Von ihm las ich, wohl in derselben Nummer, einen kleineren, eher feuilletonistischen Text mit dem Titel „Paris ist eine ernste Stadt". Der gefiel mir. Nachdem ich mehrere Nummern von „Texte und Zeichen" angeschaut hatte, gewann ich den Eindruck, Andersch könne mir weiterhelfen bei der Suche nach Gegenwartsautoren. Ich fuhr zu ihm nach Stuttgart und erzählte ihm von meinem Vorhaben, weiterhin jährlich ein Buch belletristischen Charakters herauszugeben. Und in meiner grenzenlosen Naivität gestand ich Andersch, sein Text über Paris habe mir Eindruck gemacht, und nach der Lektüre sei ich der Meinung, er müsse eigentlich auch etwas Literarisches schreiben. Er brach in Gelächter aus, und ich sagte, ja, beispielsweise einen Roman. Da steigerte sich sein Gelächter noch mehr, er rief nach oben – es war eine Galerie in dieser Wohnung – seiner Frau Gisela zu: Hör mal, der junge Mann ist der Meinung, ich solle einen Roman schreiben. Darauf griff er in eine Schublade, legte mit Nachdruck ein Manuskript auf den Tisch und sagte: Hier haben Sie meinen Roman! Er sei zwar am Überarbeiten, aber im grossen und ganzen sei er fertig, ich könne ihn ruhig mal mitnehmen. Und er wolle mir gleich sagen, eine ganze Reihe deutscher Verlage hätten das Manuskript abgelehnt. Er erwähnte Fischer und Kiepenheuer & Witsch. Der Titel: *Sansibar oder der letzte Grund.* Ich nahm das Manuskript mit, las noch in der Bahn mit wachsender Begeisterung und Zustimmung und machte schon zwei, drei Tage später der Direktion den Vorschlag, dieses Buch herauszugeben.

Der Verlagsleiter, Direktor Rast, las den Text und war auch dafür. So konnte ich Andersch einen Vertrag anbieten, und wir waren uns einig. Andersch schlug vor, dass vorher, vielleicht auch gleichzeitig, noch ein kleines Buch erscheinen könnte, das eigentlich ein Radiofeature war – *Piazza San Gaetano.* Es wurde vorgezogen und erschien als erstes kleines Buch von Andersch im Frühjahr 1957. Im Herbst desselben Jahres kam *Sansibar* heraus.

Zu erwähnen ist, dass ich in jenen Monaten mit Walter Muschg, Literaturprofessor in Basel, streitbarer Mensch, Spezialist für Expressionismus, aufgrund der Lektüre seiner Literaturgeschichte ins Gespräch gekommen war.

War es die Tragische Literaturgeschichte?

Genau. Ihm schickte ich das Manuskript von Andersch, und er war sofort unheimlich angetan. Er schrieb spontan einen Begleittext, in dem er das Buch aufs innigste empfahl. Versehen mit diesem Text von Walter Muschg erschien *Sansibar* und hatte einen ausgesprochen grossen Erfolg bei der Kritik – beim Buchhandel zunächst nicht. In der Schweiz war Andersch bisher unbekannt, in der Bundesrepublik war sein Name unter den progressiveren Leuten zwar hoch angesehen, vor allem seit seinem Buch *Die Kirschen der Freiheit* – in der bürgerlichen deutschen Öffentlichkeit galt er aber als der Intellektuelle, der die Wehrmacht im Stich gelassen hatte und desertiert war, worüber er eben jenes Buch geschrieben hatte. So war die Aufnahme in der Presse zunächst begeistert, aber es gab auch ganz harte Gegenstimmen.

Gewisse Reserven?

Über Andersch müsste man länger reden. Zusammen mit Hans Werner Richter war er Begründer der Zeitschrift „Der Ruf". Man müsste reden über seine Bedeutung auch als Funkredakteur, als Herausgeber des „Frankfurter Studios", einer Reihe von gegenwartsliterarischen Texten, in der Wolfgang Weyrauch, Ingeborg Bachmann und andere erschienen waren.

Mit Alfred Andersch tritt also ein Förderer der zeitgenössischen Literatur in den Walter-Verlag ein. Nach Klaus Roehler und Gisela Elsner figuriert nun auch Alfred Andersch im neuen belletristischen Programm des Verlags. Es werden schon sehr bald weitere Namen auftauchen, die heute berühmt sind. Einige sind längst so selbstverständlich berühmt, dass man bei deren Erwähnung gar nicht auf den Gedanken kommt, dass auch sie erst einmal ihr Publikum finden mussten. Sie haben Walter Muschg genannt, und mit ihm verbindet sich natürlich ein Autor, der im Walter-Verlag sehr breit vorgestellt wurde: Alfred Döblin. Döblin ist 1957 verstorben, sein Werk war am Ende seines Lebens wieder ziemlich unbekannt – und da hat sich der Walter-Verlag auf das grosse Wagnis eingelassen, einen Autor zu präsentieren, dessen Ruhm in jenen Jahren schon ziemlich verblasst war. Wie kam Döblin zum Walter-Verlag?

Ich war zum ersten Mal durch die erwähnte Lektüre von Muschgs Schriften auf Döblin gestossen. In diesem Zusammenhang erinnere ich mich an ein Gespräch mit Franz Schonauer in Stuttgart. Ich hatte Alfred Andersch wieder einmal besucht, noch bevor *Sansibar* erschienen war, und wie es damals meine Neugierde oder auch meine Cleverness verlangte, bohrte ich alle Leute an, die ich im Verdacht hatte, sie könnten über Literatur Bescheid wissen – so auch den Kritiker und Literaturwissenschaftler Franz Schonauer. Ich erkundigte mich bei ihm, was er heute für verlegenswert halte, gerade auch im Bereich der vergessenen deutschen Literatur, und er erwähnte sofort und mit Begeisterung Alfred Döblin. Mit Walter Muschg sprach ich danach über Döblin und fragte ihn, ob er allenfalls bereit wäre, als potentieller Herausgeber einen Entwurf für eine Ausgabe der Werke von Alfred Döblin zu machen. Keine Gesamtausgabe – trotzdem brauchte ich sehr solide Unterlagen, um den Verlag dafür gewinnen zu können.

Daraus ist ein Riesenknochen geworden. Begonnen wurde die Edition mit dem Roman Die drei Sprünge des Wang Lun, *dann folgte das Buch, das erstmals 1915 erschienen war,* Pardon wird nicht gegeben. *Döblin, der vergessen war, wurde nun plötzlich wieder berühmt. Wie sind seine Werke denn beim Publikum angekommen?*

Es fällt mir wieder Anekdotisches ein. Als ich den Sprecher der Erbengemeinschaft, Claude Döblin, in Nizza besuchte, empfing er mich mit einem Anwalt und legte mir einen ungefähr dreissigseitigen Verlagsvertrag vor, mit unendlich vielen Haken und Ösen und Vorbehalten. Wir diskutierten den ganzen Abend über diesen Vertrag. Am nächsten Tag trafen wir uns wieder, und ich sagte, ich hätte einen dreiseitigen Verlagsvertrag und würde vorschlagen, dass wir uns auf den einigten. Denn selbst wenn wir fünfzig oder achtzig Seiten Vertrag aufsetzten, hätte ich immer noch zehn Möglichkeiten, ihn übers Ohr zu hauen. Entweder er vertraue mir, oder eben nicht. Das hat ihm sofort eingeleuchtet, er hat den Anwalt nach Hause geschickt, und wir haben uns geeinigt. Er ist ein sehr, sehr misstrauischer Mensch geblieben. Es hatten damals schon andere versucht, mit ihm ins Geschäft zu kommen, und sie waren alle gescheitert.

War Döblin schon damals begehrt?

Durchaus, ja. Denn der Roman *Hamlet oder Die lange Nacht nimmt ein Ende* hatte einen bemerkenswerten Erfolg gehabt, zumindest in der literarischen Welt. Er war übrigens 1956 in der DDR erschienen, in einem Tochterverlag des Aufbau-Verlags. Ich fuhr damals auch in die DDR, zum damaligen Leiter des Aufbau-Verlags. Das war Klaus Gysi, der spätere Minister für Kultur. Er erzählte, er fühle sich Döblin besonders deshalb verpflichtet, weil der Arzt, der seine Mutter im Krankenhaus von ihm entbunden habe, eben dieser Alfred Döblin gewesen sei. Und der Schweiz fühle er sich ohnehin verbunden durch seine Herkunft … So liess er erkennen, dass es eine grosse Geste seinerseits war, dem Walter-Verlag diesen *Hamlet*-Roman, der innerhalb der ersten zwölf Bände wichtig war, für eine Westausgabe freizugeben.

Das heisst also, nicht alle Rechte waren bei den Söhnen, sondern in diesem einen Fall beim Aufbau-Verlag. Verfügte die Erbengemeinschaft über die andern Rechte?

Ja, genau. Die Ankündigung dieser „Ausgewählten Werke" wurde stark beachtet. Wir dachten zunächst an acht oder zwölf Bände. Und zudem war ein Buchklub, und zwar die „Deutsche Buchgemeinschaft Darmstadt", erstaunlicherweise bereit, jeweils einen Teil der Auflage zu übernehmen. Das hat das ganze Unternehmen ökonomisch abgesichert. Die Döblin-Bände sind im übrigen sehr unterschiedlich gegangen. Die bekannten, natürlich vor allem *Berlin Alexanderplatz,* wurden grosse, regelmässige Erfolge, trotzdem konnten auch alle andern später als Taschenbücher oder als Buchklubausgaben noch einmal verwertet werden. Damit war der Anfang eines Projekts gemacht, das ich sehr gern weitergezogen hätte, nämlich, die „Väter der Moderne" zu verlegen. In dasselbe Umfeld gehörte beispielsweise eine vierbändige Ausgabe von Sherwood Anderson. Oder eine dreibändige Ausgabe von Isaak Babel. Oder eine Ausgabe von Edgar Allen Poe in der Übersetzung von Arno Schmidt und Hans Wollschläger. Das war eine Linie, die ich sehr gerne fortgesetzt hätte. Das wäre nicht einfach gewesen, weil die Rechte dieser grossen Autoren auf dem Markt nur mit Mühe erworben werden konnten. Walter Muschg war übrigens nicht nur Herausgeber der „Ausgewählten Werke" von Döblin, er publizierte bei Walter auch eine Auswahl aus den Werken von Hans Henny Jahnn.

Hans Henny Jahnn, Alfred Döblin, Alfred Andersch – damit sind Sie innerhalb des Walter-Verlags zu einem Verleger von moderner Literatur geworden. Sie haben das Gebiet gewechselt, sich hauptsächlich mit diesem neugeschaffenen Programm befasst. Dazu gehörte zum Beispiel auch Wolfdietrich Schnurre, der in den fünfzi-

ger, sechziger Jahren vor allem für seine Kurzgeschichten sehr bekannt war. Ein Autor, der immer sehr starkes Gewicht auf seine Herkunft aus Berlin legte und der auch Mitglied der „Gruppe 47" war. Von ihm sind viele Bücher im Walter-Verlag erschienen: Eine Rechnung, die nicht aufgeht, Das Los unserer Stadt u.a. *Wie sind Sie damals auf Wolfdietrich Schnurre gekommen?*

Wo genau ich Wolfdietrich Schnurre zum ersten Mal gelesen habe, kann ich nicht mehr rekonstruieren, jedenfalls war er mir aus Zeitschriften bekannt, und ich schrieb ihm einfach mal, ob er Lust habe, zum Beispiel einen Erzählungsband zu publizieren. Er schrieb postwendend zurück, sehr gern, und wir haben uns sofort einigen können. Schnurre ist dann in rascher Folge mit mehreren Werken – ich denke, mindestens mit sieben Büchern innerhalb von acht Jahren – bei Walter publiziert worden.

Uns hat auch ein enges freundschaftliches Verhältnis verbunden, wie ich es übrigens mit fast allen Autoren erlebt habe. Natürlich war er, wie schon Andersch und alle andern auch, in der Schweiz kaum, in Deutschland mässig bekannt. Das änderte sich, da nun, innerhalb dieses streng gebauten, auch typographisch klar gegliederten literarischen Programms mehrere Namen sich gegenseitig beleuchteten. Es gab für die kürzeren Texte das, was wir die „Kleine Literarische Reihe" nannten, die ein bisschen den Charakter des „kostbaren Geschenkbüchleins" hatte. Dann gab es die eigentliche Hauptreihe, „Prosa der Gegenwart", wo alle grösseren Prosawerke erschienen sind, auch Wolfgang Weyrauch mit Erzählungen. Ausserdem fremdsprachige Bücher, obgleich ich da sehr vorsichtig war, weil ich Angst hatte vor ökonomischen Misserfolgen: Jean Cayrol, Elio Vittorini u.a.

Elio Vittorini, der ein erstaunliches Buch vorlegt, Offenes Tagebuch 1929–1959, *und später den Roman* Die Garibaldina, *ist heute ein bekannter Name, ein Klassiker der zeitgenössischen italienischen Literatur. Wie sind Sie auf Elio Vittorini gestossen?*

Andersch hatte ihn schon in seiner Zeitschrift „Texte und Zeichen" vorgestellt. Ich erkundigte mich bei Andersch, der auch Verbindungen nach Mailand hatte, wo Vittorini lebte. Und ich konnte den Verlag dazu verführen, diesen Autor aufzunehmen und systematisch zu verlegen. Begonnen haben wir mit dem schönen Buch *Conversazione in Sicilia (Gespräch in Sizilien),* es erschien auch der Roman *Uomini e no (Dennoch Menschen).*

Überhaupt fand ich es sinnvoll, dass ein Verlag, der geographisch zwischen dem Süden, Italien, und dem Norden, Deutschland, liegt, Vermittlerfunktion übernimmt. Ich geriet an einen Ratgeber, der ein grossartiger Kenner der italienischen, aber auch der deutschsprachigen Literatur war. Das geschah wiederum durch einen merkwürdigen Zufall, nämlich im Gespräch mit Paul Fritz, der damals in der Buchhandlung Stäheli in Zürich Sortimentsleiter war, ein besonders literaturbesessener Buchhändler. Er gab mir den Rat, mich mit Julius Rütsch, einem Bezirksschullehrer in Zofingen, in Verbindung zu setzen.

So lernte ich einen Privatgelehrten von höchster Geistigkeit und Bildung kennen, der überglücklich war, seine Kenntnisse in irgendeiner Weise vermitteln zu können. Mit ihm traf ich mich alle paar Wochen, meist zum Mittagessen, wir unternahmen lange Spaziergänge, und er erzählte mir von der italienischen Literatur. Ich war des Italienischen nicht mächtig, bin es auch heute kaum, und er machte Vorschläge für Übersetzungen aus der italienischen Gegenwartsliteratur: Werke von Natalia Ginzburg, Leonardo Sciascia, Elio Vittorini, Danilo Dolci, Vitaliano Brancati. So entstand beim Walter-Verlag, als kleine Enklave gewissermassen, dieser italienische Flügel, und das wurde zu einer weiteren Spezialität des Verlags.

Es ist anzunehmen, dass in anderen Verlagshäusern kaum sehr viel italienische Literatur publiziert wurde …

Es hatte schon Versuche gegeben. Zum Beispiel hatte Claassen in Hamburg bereits einmal Vittorini herausgebracht, ein Buch oder zwei Bücher. Unser Versuch mit italienischer Literatur ging immerhin gut, nicht blendend, aber er war ökonomisch verkraftbar. Diese Bücher kamen zumindest in die zweite Auflage und erschienen zudem als Taschenbuch bei dtv, Fischer oder Rowohlt. Und das war eine ganz besonders schöne Sache, aber wie gesagt: etwas neben der Hauptlinie. Die verhältnismässig geringe Kapazität meiner Abteilung wollte ich stets neu konzentrieren auf die deutschsprachigen Gegenwartsautoren.

Diese Abteilung, denke ich, musste ausgebaut werden, denn es kamen immer neue Autoren dazu. Unter anderem taucht der Name Hans Magnus Enzensberger auf. Er ist der Verfasser eines Kinderbuches mit dem Titel Zupp. *„Eine Geschichte", heisst es da im*

Untertitel, „in der sehr viel vorkommt, mit Bildern von Gisela Andersch, auf denen sehr viel drauf ist". Der Name Gisela Andersch deutet darauf hin, dass Sie zu diesem Buch über den Kontakt zu Alfred Andersch gekommen sind.

Ja, ich kannte das Ehepaar inzwischen persönlich sehr gut, wir trafen uns auch ausserhalb des geschäftlichen Zusammenhangs in Berzona, in Zürich, und weil ich mich für die Arbeiten von Gisela Andersch interessierte, zeigte sie mir mal diese Bilder und den Text von Enzensberger, den ich so reizend fand, dass ich vorschlug, das Buch zu publizieren. Enzensberger war sofort dafür, war dann einmal in Olten, und wir haben uns hervorragend verstanden. Wir kannten uns auch von der „Gruppe 47", zu deren Tagungen ich seit dem Erscheinen meines Romans *Der Stumme* jedes Jahr eingeladen wurde.

Um das Programm, das sehr rasch grösser und breiter wird, ein wenig zu skizzieren, müssen wir einige Namen erwähnen. Ein Name, der unbedingt hierhergehört, ist Isaak Babel, dessen Werk Budjonnys Reiterarmee *mit einem Nachwort von Walter Jens im Walter-Verlag erscheint. War das die erste Babel-Publikation in deutscher Sprache?*

Nein, war es nicht. Mir war *Budjonnys Reiterarmee* in jenem Antiquariat in der Buchhandlung Schürch in die Hände gefallen, lange vor meiner Verlagszeit, in einer Ausgabe des Malik-Verlags. Dieser Verlag, berühmt als Vermittlungsinstanz vor allem für sowjetische Literatur, hatte eine Übersetzung von Dmitrij Umanskij aus dem Jahre 1926, die der

„Gruppe 47"

Anfang September 1947 trafen sich beim Allgäuer Bannwaldsee siebzehn Schriftsteller: Mitarbeiter der Zeitschrift „Der Ruf", welcher die amerikanischen Militärbehörden soeben die Lizenz entzogen hatte. Hans Werner Richter (1908–1993), zusammen mit Alfred Andersch Herausgeber der „unabhängigen Blätter der jungen Generation", hatte zu Lesungen und Diskussionen eingeladen. Aus diesem legendären ersten Treffen, an dem auch über das Konzept einer neuen Literaturzeitschrift hätte gesprochen werden sollen, erwuchs später die „Gruppe 47". Fortan lud Richter ein-, zweimal im Jahr für drei Tage an wechselnden Orten Autorinnen und Autoren ein. Die Tagungen der „Gruppe 47" – die kein Statut, keine Mitgliederliste, nur von Richter persönlich Eingeladene kannte – verliefen nach einem festen Ritual. Die Vorlesenden präsentierten neue Texte und sassen dabei auf dem „Elektrischen Stuhl"; sie hatten kommentarlos die Stegreifkritik und allfälliges Lob über sich ergehen zu lassen. Zwanzig Jahre lang waren die Tagungen der Gruppe zentrale Ereignisse der deutschsprachigen Literatur. 1968 hätte die Gruppe in Prag tagen sollen, aber der Einmarsch der Armeen des Warschauer Pakts in die Tschechoslowakei machte das Vorhaben zunichte. Schon 1966 hatten sich gravierende politische Differenzen in der bisher erklärt nicht-politischen Gruppe spürbar gemacht, und nach 1967, als sie zum letzten Mal getagt hatte, hat sich die Gruppe nur noch zu eher nostalgischen Treffen zusammengefunden.

Die „Gruppe 47" half in den zwanzig Jahren ihres Bestehens, neue Strömungen und junge Talente durchzusetzen und eine dafür empfängliche literarische Öffentlichkeit in der Nachkriegszeit wieder herzustellen. Nicht nur für die Autorinnen und Autoren, auch für Verleger, Lektoren und Redaktoren wurden die Treffen bald zu ausserordentlich wichtigen Gelegenheiten, Kontakte zu knüpfen. Grosses Ansehen genossen die Preise, die zwischen 1950 und 1967 verliehen wurden, insgesamt zehn Mal; 1955 etwa ging er an Martin Walser, 1958 an Günter Grass, 1962 an Johannes Bobrowski und 1965 an Peter Bichsel.

Otto F. Walter wurde wiederholt von Hans Werner Richter zu den Tagungen eingeladen – als Autor wie als Verantwortlicher eines Verlagsprogramms. Erstmals kam eine Einladung im September 1959, nach Erscheinen des Romans *Der Stumme;* getagt wurde vom 23.

bis zum 25. Oktober auf Schloss Elmau bei Mittenwald in Oberbayern. An einer der Tagungen lernte Otto F. Walter Ingeborg Bachmann kennen und über sie Max Frisch. Nicht immer konnte er den Einladungen folgen, einige Male musste Walter aus beruflichen Gründen oder wegen Militärdiensts absagen. Auch die legendäre Tagung in Princeton, im April 1966, fand ohne ihn statt. An diesem turbulenten Treffen durchbrach Peter Handke als erster die starren Regeln der Gruppe, schimpfte über deren „völlig läppische und idiotische Literatur" und diagnostizierte in der gegenwärtigen deutschen Prosa „eine Art Beschreibungsimpotenz", was ihn über Nacht bekannt werden liess – während Günter Grass, Erich Fried und Hans Magnus Enzensberger, zum Schrecken der amerikanischen Gastgeber, an Demonstrationen gegen den Vietnamkrieg teilnahmen.
Otto F. Walters schwierige Doppelrolle als Autor und Verleger hatte Richter übrigens in seiner Einladung nach Princeton bereits angesprochen: „Wie soll ich Sie ansehen, wie wünschen Sie es: Verleger oder Autor? Es ist nämlich so, dass die Verleger für sich selbst bezahlen (...). Dies auf Wunsch der Universität Princeton, dort ist man der Meinung, die deutschen Verleger seien reich genug. (...) Ich weiss einen Ausweg. Beteiligen Sie sich an den Lesungen. Dann sind Sie Autor. Dann gilt das beigefügte Einladungsschreiben. Dass ich Sie sehr, sehr gerne in Princeton sehen würde, brauche ich nicht zu betonen." Walter bestand dann allerdings darauf, als „Verlagsmensch" anzureisen – auch, wie er in einer Notiz an seinen Vorgesetzten schrieb, „weil ich nicht als ‚Konkurrent' unserer Verlagsautoren an den Tagungen selbst auftreten kann". In seiner Zusage an Richter fügte er noch hinzu: „Die Tatsache der Namensgleichheit zwischen dem Verlag und mir schafft immer wieder das Missverständnis, ich sei hier der Verleger des Hauses. Meine Funktion nennt sich intern Literarische Leitung; ich bin dem Direktor und also Verleger des Walter-Verlags, meinem Freund Dr. Josef Rast, gegenüber verantwortlich; kurzum: wenn Sie die Bezeichnung Verleger für mich vermeiden können, so bin ich Ihnen dankbar. Die Amerikaner haben diese Unterscheidung publisher und editor, die bei uns halt fehlt. Dies wirklich nur ganz am Rand."
In letzter Minute musste der „Verlagsmensch" seine Teilnahme an der Tagung in Princeton schliesslich absagen – vertreten wurde der Walter-Verlag durch Reinhard Baumgart, Peter Bichsel, Gabriele Wohmann, Peter Faecke, Jörg Steiner und Klaus Stiller.

Walter-Verlag erwerben konnte. Ich habe damals Walter Jens um ein Nachwort gebeten; er hatte mir auf einer Tagung der „Gruppe 47" erzählt, dass er Babel ganz besonders schätze. Für mich war und ist Isaak Babel einer der drei, vier wichtigsten Autoren in diesem Jahrhundert überhaupt. Später kamen noch zwei Bände hinzu, zwei Dramen, die von Werner Düggelin in Basel und in Zürich inszeniert wurden. Und ich hatte bei Ilja Ehrenburg, in einem Tagebuch, wenn ich mich nicht irre, von einem Tagebuch Isaak Babels gelesen. Ich war ungeheuer scharf auf diesen Text, der nie deutsch erschienen war. Nach mühsamen Recherchen geriet ich an eine Agentin in Paris, die bestätigte, dass sie, im Auftrag der Tochter Nathalie Babel, die Rechte von Isaak Babel vertrete. So fuhr ich nach Paris. Nathalie Babel war eine unglaublich kultivierte Frau, und ich liess mir lange Geschichten über Hemingway und Sherwood Anderson und Joyce und deren Pariser Jahre erzählen. Autoren, mit denen sie eng befreundet gewesen sein musste. Auch sie wusste von der Existenz dieses Tagebuchs, aber niemand hatte den Text, auch die Tochter nicht. Ich schrieb dann an Ilja Ehrenburg, der bestätigte, dass es existiere, aber er wisse auch nicht wo. Die Suche blieb erfolglos. Schön, dass das Buch nun erschienen ist, bei Katja Wagenbach in der Friedenauer Presse in Berlin.

Ein Autor, mit dem Sie sehr vieles unternommen haben, ist Helmut Heissenbüttel. Von ihm erscheint zum ersten Mal ein Text, der experimentelle Literatur, wenn wir diesen Hilfsbegriff nun mal anwenden wollen, in den Walter-Verlag hineinbringt: Textbuch Eins. *Wie kamen Sie auf Helmut Heissenbüttel?*

Folgendes: Von Heissenbüttel wurden einige dieser Text in „Akzente“ abgedruckt, wenn ich mich nicht irre, der Literaturzeitschrift, die damals von Walter Höllerer und Hans Bender redigiert wurde. Für mich waren diese Texte eine Offenbarung, ich hatte noch nie so was gelesen, das muss etwa 1959 gewesen sein, und ich setzte mich mit Höllerer in Verbindung und sprach auch mit Andersch darüber, der immer wieder als Berater eine wichtige Rolle spielte. Der hätte mir Heissenbüttel früher schon empfehlen können, hatte es aber nie gewagt, da er schwierig und ausgefallen, verlegerisch risikoreich sei. Aber der Verlag war damals in einer guten Verfassung, mein kleines literarisches Programm hatte Erfolg.

In diesem Zusammenhang muss ich unbedingt darauf hinweisen, dass ich immer angewiesen war auf engste Teamarbeit. Es gab da zum Beispiel Paul Fritz, den ich in den Verlag hatte holen können; seine Aufgabe war es, sich um Werbung und Lizenzfragen zu kümmern. Ein hochgebildeter Mann, der dauernd Vorschläge machte. Zu erwähnen ist auch Herbert Placzek: Er war der neue Leiter des Walter-Verlags in Freiburg, kam vom Aufbau-Verlag, wo er Walter Jankas Mitarbeiter gewesen war, bis er die DDR verliess. Ein hochgebildeter Mann auch er, zuständig vor allem für – sagen wir mal – Verschollenes, für Exilliteratur, für Autoren, die hier im Westen unbekannt, im Osten aber bereits wieder erschienen waren. Als Beispiel: Er empfahl mir einen Autor namens Elias Canetti, er brachte mir *Die Blendung,* als deutsche Ausgabe vor Jahren erschienen ohne bemerkenswerten Erfolg. Ich las das Buch mit Begeisterung, schrieb Canetti, inzwischen war er aber gerade bei Hanser vor Anker gegangen. Diese beiden, und dazu der Hersteller, der schon erwähnte Theo Frey – das war mit mir zusammen eine Equipe, die das ganze Unternehmen sehr prägte. Es kam dazu, dass ich dieses Zusammenwirken, über das einzelne Manuskript hinaus, auch mit den Autoren zu pflegen versuchte. So wie Andersch eben eine Art „laufender Herausgeber“ war …

… Verfasser von Vorworten, Nachworten, Empfehlungen, Hinweisen.

Genau. Und eine Art Auskunftsbüro. So pflegte ich übrigens auch Kontakt mit Walter Boehlich, zum Beispiel, den ich jedes Jahr mindestens einmal in Frankfurt besuchte. Mit Klaus Wagenbach, der damals bei der Deutschen Buchgemeinschaft Darmstadt Lektor war und mit dem ich mich gewissermassen verschwören konnte bei so schwierigen Dingen wie beispielsweise der Auswahl aus dem Werk von Hans Henny Jahnn, als es um einen Mitdruck der Buchgemeinschaft von 8000 Exemplaren ging. Schnurre war an solcher Zusammenarbeit kaum interessiert. Aber beispielsweise später Peter Bichsel: Er hat immer wieder mal ein Gutachten gemacht, hat mit mir über Manuskripte diskutiert. Auch Ingeborg Bachmann war durchaus interessiert, ab und zu ein Gutachten zu schreiben, auch ihr schickte ich, wenn ich mich unsicher fühlte, ein Manuskript – wir diskutierten darüber. Und so war das ein ganzes Geflecht von Perspektiven und Energien, die sich da gewissermassen bündeln liessen. Auch der schon erwähnte Italien-Spezialist, Julius Rütsch, las das eine oder andere Manuskript.

Und so verliess ich mich oft fast blind auf die Leute, denen ich vertraute.

Im Verlag, der bis anhin vor allem Richtung Bundesrepublik und Italien orientiert war, zumindest was das literarische Programm anging, taucht nun auch ein Schweizer Autor auf: Von Hans Boesch erscheint der Roman Das Gerüst. *Was bedeutete diese Erweiterung? Waren Sie nicht schon vorher auch mit schweizerischen Autoren zusammengekommen, die ein Interesse hatten, im Walter-Verlag zu erscheinen?*

Mich überrascht jetzt auch, dass das eigentlich erst dann begann. Ich denke, *Das Gerüst* ist 1959 oder 1960 erschienen.

Es ist 1960 erschienen.

Ja, ein starkes, poetisches Buch. Ich hatte von Hans Boesch eine Erzählung mit dem Titel *Der junge Os* gelesen, ebenfalls ein poetisches, sehr versonnenes Bild einer Kindheit, und Schweizer Literatur interessierte mich durchaus. Ich weiss nicht, warum es nicht damals schon mehrere Verbindungen gegeben hatte.

Immerhin hatte ich mit Jürg Federspiel ein für uns beide unglücklich ausgehendes Intermezzo. Er hatte mir Erzählungen geschickt, die ich für ausserordentlich stark hielt und unbedingt herausgeben wollte. Zugleich erzählte er mir bei einem Treffen in Olten von einem Roman, den er schreiben wolle. Der Verlag hat ihm dann ein kleines, wirklich bescheidenes Monatshonorar ausgerichtet – gewissermassen als Vorschuss. Ich hatte irgendwelche pingelige Korrekturen an diesen Texten vorgeschlagen, kurz danach aber bekam Federspiel ein festes Angebot vom Piper Verlag. Dort ist dann jenes Buch *Orangen und Tode* als Debüt von Federspiel erschienen.

Es gab zudem Kontakte mit einem mir damals persönlich nicht bekannten Adolf Muschg, dem ich auf Grund seiner Berichte über Japan in der NZZ schrieb, aber auch dieser Kontakt hat sich auf eine etwas abenteuerliche Weise zerschlagen. Sein erstes Buch *Im Sommer des Hasen* ist kurz danach bei Arche erschienen. Also: Es gab Bemühungen meinerseits in Richtung Schweizer Literatur.

Ich kam auch in Verbindung mit Peter Hamm, einem jungen Mann – jung aus meiner Sicht, ich war damals vielleicht 32 Jahre alt.

Und er neun Jahre jünger –

Also, neun Jahre! Hamm reiste nach Olten, nach Rickenbach, um ein Porträt dieses merkwürdigen Menschen, der ich damals war, zu verfassen. Für eine Zeitschrift mit dem bezeichnenden Titel „Das Schönste“. Durch ihn wiederum, mit dem ich mich sofort sehr gut verstand, kam ich dann mit Jörg Steiner in Verbindung, von dem ich nur wusste, dass er als Lyriker publiziert hatte – er hatte allerdings auch schon eine Erzählung veröffentlicht, die ich damals nicht kannte. Peter Hamm jedenfalls war mit Steiner bekannt, und die beiden besuchten mich in Olten. Und so bekam ich dann das Manuskript von Steiners erstem Roman *Strafarbeit.* Ein Buch, das allerdings zum ersten offenen Konflikt im Verlag führte, weil der Direktor es strikt ablehnte, ein so unanständiges Buch – wie er fand – zu publizieren. Der Konflikt eskalierte, ich drohte mit Kündigung, und so haben wir uns mühsam auf das Erscheinen geeinigt.

Es sind noch weitere Bücher von Steiner erschienen, etwa ein Band mit einem Nachwort von Kurt Marti.

Das waren die Gedichte *Der schwarze Kasten,* 1965 …

… und Ein Messer für den ehrlichen Finder, *1966.*

Es gehörte zu meinem Konzept, nicht Einzelpublikationen, sondern kontinuierliche Ausgaben eines Œuvres anzustreben. In den ersten Gesprächen mit den Autoren wurde das von mir klargemacht. Und das hat in der Regel gut funktioniert. In jene Zeit fiel auch die Bekanntschaft, später freundschaftliche Verbindung mit Reinhard Baumgart. Ihn hatte ich über Ingeborg Bachmann, deren Lektor er bei Piper war, kennengelernt.

Reinhard Baumgart war also Lektor und Autor zugleich?

Genau. Insofern hatten wir eine gewisse Parallele. Von ihm erschien ein für mein Gefühl nach wie vor unterschätztes Buch: *Der Löwengarten,* ein Roman. Später ein ebenfalls hervorragender Roman: *Hausmusik,* ein zeitgeschichtlich spannendes Buch. Dann, bei Luchterhand, erschien noch weiteres. Auch er gehörte – in einem gewissen Ausmass – zu den erwähnten Beratern unter den Autoren. Mit ihm unterhielt ich mich gern, denn er verstand etwas vom Verlagswesen.

Und auf eine merkwürdige, ihm nicht bekannte Weise geriet ich durch ihn an Peter Bichsel, darüber aber vielleicht später.

Im Verlagsprogramm taucht auch ein Franzose auf: Jean Cayrol. In den fünfziger, sechziger Jahren war er sehr bekannt, und von ihm hat der Walter-Verlag erstaunlich viel publiziert. Darunter ist ein Roman, Im Bereich einer Nacht, *der 1959 erscheint und den Paul Celan übersetzt hat. Wie kam Celan dazu, einen Roman von Jean Cayrol zu übersetzen? Die andern Romane wurden ja von Guido Meister, dem Camus-Übersetzer, ins Deutsche übertragen.*

Zunächst zu Cayrol. Ich war befreundet mit Paul Flamand, dem Verleger der Editions du Seuil. Eine merkwürdige Freundschaft, die sich eigentlich rasch eingestellt hatte zwischen mir und dieser grossen Verlegerpersönlichkeit eines Verlags, der aus der oppositionellen christlich-katholischen Résistance heraus entstanden war. Flamand empfahl mir seinen Autor Cayrol. Er seinerseits verlegte Andersch auf französisch, und so gab es einen gewissen Austausch. Er besuchte mich einmal im Walter-Verlag, ich war mehrfach in Paris bei ihm. Durch ihn hörte ich zum ersten Mal von Teilhard de Chardin, den ich meinen Kollegen im Verlag vorschlug. Sie sind darauf eingegangen, und so ist die grosse Teilhard-Ausgabe beim Walter-Verlag entstanden.

Die Sache mit Celan: Ich war mit Peter Szondi in Zürich gut bekannt. Ich traf ihn ab und zu, wir tranken irgendwo ein Glas zusammen, und durch ihn kam ich in Zürich, wenn ich mich nicht irre, mit Celan in Kontakt. Beim nächsten Besuch in Paris ging ich bei den Celans vorbei. Ich erinnere mich sehr gut an einen Nachmittag und Abend mit den beiden. Bei dieser Gelegenheit erzählte mir Celan, dass er für einen Verlag in Deutschland, der Pleite gemacht hatte, eine Übersetzung des Romans *L'Espace d'une Nuit* angefertigt und kein Honorar gekriegt hatte. Und so hat sich das aufs Schönste ergeben – der Roman ist dann mit beträchtlichem Erfolg erschienen. Später sind auch andere Bücher von Cayrol herausgekommen, *Der Umzug* etwa, von Guido Meister übersetzt.

Hat es noch weitere Begegnungen gegeben mit Paul Celan?

Ich glaube nicht, nein.

Ein Autor, der inzwischen weitgehend vergessen ist, eine Zeitlang aber Furore gemacht hat, ist Klaus Nonnenmann. Er hat mit seinem Roman Sieben Briefe für Doktor Wambach *bei Walter debütiert.*

Nonnenmann war eine Begegnung, die durch die Post ermöglicht wurde: ein Manuskript auf dem Tisch, und dann die Überraschung und Freude, dass es wirklich etwas Publikationswürdiges war. Mit Nonnenmann war ich in der Folge dauernd in Verbindung, telefonisch und brieflich. Er hatte ausserdem den Wunsch und auch die Fähigkeit, mit Autoren zusammenzuarbeiten, gewissermassen stellvertretend für mich.

Als Aussenlektor sozusagen?

Ja, das war ein freies, von Fall zu Fall geführtes Lektorat. In Nonnenmanns Wohnung, einer riesigen Dachwohnung in Frankfurt, konnte der Verlag zudem einen Messeempfang durchführen, ich schätze, das war 1964. Im Gegensatz zu den steifen Hotelhallen, in denen die anderen Verlage ihre Gäste empfingen, war diese Wohnung – eine wirklich sehr, sehr grosse Wohnung – ideal für eine solche Party, wo es Bündnerfleisch und Wein vom Bielersee gab. Das war völlig gegen das offizielle Ritual, und es sprach sich während jener Buchmesse offensichtlich sehr schnell herum, dass da was Besonderes stattfinde, so dass auch Autoren wie Frisch, Grass oder Walser irgendwann spätabends eintrafen. Auch Claude Gallimard und Paul Flamand fanden sich ein, alle stiegen zu Fuss da hoch. Das war eine wunderbare Feier. Bis morgens um sieben.

Klaus Nonnenmann ist als Autor verstummt, seine Werke sind nach Jahren der Vergessenheit wieder aufgelegt worden bei der Frankfurter Verlagsanstalt. Ist das nicht ein erstaunliches Schicksal für diesen Autor?

Ich finde auch. Gerade sein nicht nur umfangmässig grosser Roman *Teddy Flesh oder Die Belagerung von Sagunt* ist für mich einer der ganz bedeutenden Romane nach 1950. Ein Buch, das wohl wie kein anderes in der Nachfolge von Lawrence Sterne steht und Klaus Nonnenmann als Stilisten von hohen Gnaden ausweist – wie auch Baumgart ein hervorragender Stilist ist.

Durch Nonnenmann habe ich dann Peter Härtling und eine Reihe anderer Leute, die mir wichtig wurden, kennengelernt. Immer in jener Wohnung.

Vorhin fiel die Jahreszahl 1964, und ich würde das gern zum Ausgangspunkt nehmen für eine Art Rückblick: Gab es Autoren, Autorinnen, die Sie gern in Ihrem Verlag gesehen hätten, die Sie aber aus irgendwelchen Gründen nicht haben konnten? Gab es, andersherum gefragt, auch Autoren, die den Verlag bereits verlassen hatten?

Zur zweiten Frage: Es fällt mir im Moment niemand ein. Denn die meisten von ihnen waren eher jung und stellten sich, wie ich auch, vor, dass das nun eine Zusammenarbeit über Jahrzehnte werden sollte. Trotzdem verspürte ich zu dieser Zeit schon das Bedürfnis, mich zeitweilig vom Verlag, und sei es nur halbtags, etwas zu lösen, und ich war sehr glücklich, dass Urs Widmer nach Abschluss seines Studiums ins Lektorat eintrat.

Es gab natürlich eine Reihe von Autoren, die ich sehr gerne verlegt hätte: beispielsweise Ilse Aichinger oder Wolfgang Koeppen, mit dem ich mich in Avignon verabredete und der mir dort gestand, der Suhrkamp Verlag habe ihm eine Monatsrente in Aussicht gestellt, er werde, wenn auch mit einem weinenden Auge, zusagen. Und es gab ein Projekt, dessen Verwirklichung allerdings nicht von mir, schon gar nicht allein von mir abhing. Der Rhein-Verlag, damals in Zürich, publizierte praktisch nicht mehr. Der Vertraute des Verlegers tönte mir in Gesprächen an, dass der Rhein-Verlag zu kaufen wäre.

Ist der Rhein-Verlag auch der Verlag, der die James-Joyce-Ausgabe von Goyert gemacht hat?

Der Rhein-Verlag war der Inhaber der deutschsprachigen James-Joyce-Rechte, der Herausgeber der grossen Hermann-Broch-Ausgabe und im übrigen Inhaber der Rechte von C.G. Jung – also einiger gewaltiger Brocken, nicht wahr?

Ich versuchte mit allen Mitteln, selbst mit der Intrige, den Walter-Verlag zu ermutigen, sich diesen Rhein-Verlag mit all seinen Rechten anzulachen. Das kam auch in Gang, und die Verhandlungen fanden genau in dem Augenblick statt, als ich Ende 1966 den Verlag verlassen musste.

Johannes Bobrowski wäre auch beinahe ein Walter-Autor geworden.

Johannes Bobrowski – *Levins Mühle* war ein Manuskript, das beinahe schon als Legende in den Köpfen auch hier im Westen spukte. Bobrowski und ich hatten brieflichen Kontakt, auf Grund unserer freundschaftlichen Verbindungen von der „Gruppe 47" her. Ich reiste in die DDR, der Vertrag mit dem Union Verlag war unterschriftsreif. Dagegen allerdings fuhr der Fischer Verlag die Thomas-Mann-Lizenzrechte für die DDR in Stellung, und dagegen hatte ich dann keine Chance mehr.

Thomas Mann gegen Johannes Bobrowski?

So war es.

Im Jahre 1964 können wir noch einen Moment bleiben. 1964 sind Sie schon eine Zeitlang nicht nur verlegerisch tätig, sondern auch als Schriftsteller. Sie haben 1956 eine Reihe von Erzählungen in der NZZ veröffentlicht, von Werner Weber in Druck gebracht. Sie haben 1959 den Roman Der Stumme *publiziert, im selben Jahr wie Uwe Johnson* Mutmassungen über Jakob, *Heinrich Böll* Billard um halb zehn *und Günter Grass* Die Blechtrommel. *Drei Jahre später haben Sie einen weiteren Roman veröffentlicht:* Herr Tourel. *Sie sind also 1964 ein bekannter Autor, das heisst Kollege von vielen der von Ihnen verlegten Autoren. Wie hat sich das ausgewirkt auf Ihr Verhältnis? Sind Sie da nicht auch ein wenig Konkurrent geworden? Oder hat sich das im Gegenteil positiv ausgewirkt?*

Ich erinnere mich nicht, dass die Autoren mich als Konkurrenten empfunden hätten. Vermutlich nahmen sie an, ich würde das auf die Dauer nicht durchhalten. Andersch hat es allerdings formuliert und erklärt, über kurz oder lang werden Sie aussteigen – was ich bestritten habe, auch wenn ich gestehe, dass diese Doppelbelastung langsam etwas kritisch wurde. Ich erinnere mich, wie ich abends um zehn ab und zu ein Manuskript weglegte und dann noch an meinem eigenen Text arbeitete. Oft bis um halb eins, um dann – nach ein paar Freiübungen auf dem Balkon, die mir erlaubten, nicht einzuschlafen – noch mal eine halbe Stunde anzuhängen. Insgesamt glaube ich aber, dass die Tatsache meiner Autorschaft mir ein Verhältnis kollegialer Vertrautheit zu den Autoren ermöglichte. Es ermöglichte auch, dass wir in der „Werkstatt“, das heisst beim Besprechen, Diskutieren von Manuskripten, ungefähr die gleiche

Sprache reden konnten. Die Doppelspurigkeit erlaubte mir, Kontakte zu haben, die mir sonst vielleicht verschlossen geblieben wären. Auch Freundschaften wie zu Max Frisch und Friedrich Dürrenmatt. In der Summe, glaube ich, haben die positiven Aspekte eher überwogen, sowohl für den Verlag als auch für mich.

Sie waren zu jener Zeit verheiratet, Vater von drei Kindern, standen unter dem Druck, Geld zu verdienen …

Ein Wort vielleicht noch zur privaten Seite meiner Existenz. Ich hatte mich natürlich um die Beschaffung des Geldes zu bemühen, in bewährter Rollenverteilung von damals. Die drei Söhne sahen ihren Vater nicht gerade häufig, muss ich sagen, und die Überbeanspruchung, die nur ich selber zu verantworten hatte, führte auch zu einer Entfremdung zwischen meiner damaligen Frau und mir. Wir trennten uns 1962, und es kam zu einer Scheidung, deren Folgen mich fast erdrückten. Aber wir sprechen jetzt hier von meiner beruflichen Entwicklung. Immerhin ist jener Hintergrund die private Basis, die eben mehr ist als der Hintergrund. Er trug natürlich auch zu krisenhaften Entwicklungen bei – und zu wachsenden Auseinandersetzungen im Verlag.

Ich möchte noch einen weiteren Autor ins Gespräch bringen: Peter Faecke. Als ganz junger Autor, dreiundzwanzig Jahre alt, debütiert er im Walter-Verlag mit dem Roman Der Brandstifter. *Wie sind Sie zu Peter Faecke gekommen – oder er zu Ihnen? Und: Was ist aus ihm geworden?*

Peter Faecke? Auch eine Begegnung mit einem Manuskript, das mit der Post kam. Und auch da das Staunen, dass ein Dreiundzwanzigjähriger auf eine für mein Gefühl ausserordentlich eigenwillige Art mit Sprache und Erzählen umgeht, so dass ich ihm sofort eine Begegnung vorschlug. Ich konnte übrigens – das nebenher – eine Verbindung zu Roland Wiegenstein vermitteln, der beim Westdeutschen Rundfunk dafür sorgte, dass Peter Faecke in der literarischen Redaktion einen Job kriegte. Er war damals sehr darauf angewiesen. Dass er dort bleiben würde und ihn diese Arbeit anscheinend zu einem Literaturverständnis verführen sollte, das über das Geschriebene hinauswies, das habe ich allerdings nicht erhofft. Ich war eigentlich immer davon überzeugt, dass Faecke einen ganz wichtigen grossen neuen Roman schreiben würde.

In jener Zeit haben Sie auch Max Frisch kennengelernt.

Ich habe Max Frisch über Ingeborg Bachmann kennengelernt, in der „Kronenhalle" in Zürich: Sie hatte Max Frisch mitgebracht. Er kannte meinen Roman *Der Stumme,* der wenige Monate zuvor erschienen war, er hatte sich positiv darüber geäussert, und wir kamen in ein angenehmes, amüsantes Gespräch, ohne tieflotende Ausführungen. Das war die erste Begegnung, und wir haben uns immer mal wieder gesehen, zum Teil mit Ingeborg Bachmann. Zur eigentlichen Begegnung kam es später.

In der Zeit meiner Scheidung ging es mir ausgesprochen schlecht, und auf dem berühmten Empfang des Walter-Verlages bei der Frankfurter Buchmesse 1964, in der Dachwohnung von Klaus Nonnenmann, sagte mir Frisch so nebenher: Was ist los, Sie sehen schlecht aus. Ich habe nun den *Gantenbein* hinter mir, ich habe Zeit, ich lebe in Rom, kommen Sie doch zwei, drei Wochen zu mir. Phantastisch, sagte ich, aber ich sehe nicht, wie ich zur Zeit aus dem Gewühl im Verlag rauskomme.

Sechs Wochen später, im Dezember 1964, rief ich ihn von Aarau aus an, und er sagte: Kommen Sie. Drei Tage später flog ich nach Rom. Er empfing mich herzlich. Er hatte einen kleinen offenen Fiat, einen Fiat 1500 Cabriolet, und fuhr mit mir zunächst nach Ostia. Wir spazierten dort dem Meer entlang, Frisch erzählte von Pasolini und seinem Film über das Matthäus-Evangelium, von dem er sehr beeindruckt war. Wir gingen in eine einfache Kneipe am Strand und assen da hervorragenden Fisch. Es fällt mir noch ein, dass ich sagte: Dort drüben sitzt Moravia, Alberto Moravia.

Ich bewohnte dann zwei Zimmer in der grossen Wohnung an der Via Margutta. Wir arbeiteten jeder für sich, vormittags, das hatte er so festgelegt. Ungefähr um vier Uhr nachmittags traf man sich zum Kaffee, und dann machten wir einen kleinen Ausflug. Vor allem aber bat er mich zu erzählen. Wo liegen die Probleme, erzählen Sie! Er hat mich eigentlich gezwungen, gegen alle meine Hemmungen, von mir, meinem Privatleben, von diesem ganzen Wurzelgeflecht zu erzählen, in das ich immer noch eingebunden war. Von Auseinandersetzungen, auch von den Ehekrächen und so weiter. Er hat fast nur zugehört, es war beinahe so etwas wie eine therapeutische Situation. Für mich war das von ganz grosser Wichtigkeit. Das ging rund vierzehn Tage. Bis ich gegen Schluss begann, auch ihm Fragen zu stellen. Ich fand es fabelhaft von ihm, wie er sich einem jungen Kollegen gegenüber öffnete und sich Zeit für ihn nahm.

Einmal, in einem Strassencafé, draussen, als ich ihm von jüngeren Autoren erzählte, von Jörg Steiner, von Peter Bichsel, sagte er: Das ist doch sehr schön, wenn eine neue Generation heranwächst. Eines muss ich klar machen: Ich sitze auf dem Stuhl, und wenn ihr das ändern wollt, müsst ihr antreten. Ganz klare Machtverhältnisse. Kurzum: Ich bin dann höchst erleichtert wieder abgereist und hatte den Eindruck, ich hätte eine Autoritätsperson in Rom besucht und einen Freund gefunden. Diese Verbindung ist dann sehr vertraulich geblieben, bis zu seinem Tod.

2. Dezember 1993

In den sechziger Jahren war der Walter-Verlag sehr bedeutend. Wie war er aufgebaut?

Der Walter-Verlag war eine Aktiengesellschaft mit 200 meist versprengten Einzelaktionären, zwei, drei kleineren Aktionärsgruppen sowie der Walter-Familie, die etwa vierzig Prozent der Stimmen hielt. Die Familie war somit dominierend. Das Unternehmen beschäftigte Anfang der sechziger Jahre ungefähr 450 Arbeiter und Angestellte und war in drei Hauptbereiche gegliedert. Da war vor allem die Druckerei, das eigentliche „Mutterschiff". Dann gab es einen Zeitschriftenverlag, der Familienblätter herausgab. Einerseits „Der Sonntag", eine Zeitschrift, die grossen Erfolg hatte und katholisch ausgerichtet war, andererseits „Die Woche", ein Unternehmen, das aus dem Katholischen auszubrechen versuchte in den Bereich einer modernen, weltoffenen Illustrierten. Das war übrigens eine sehr gut gemachte Illustrierte, die dann aber immer mehr in die roten Zahlen geriet.

Neben diesem Zeitschriftenverlag gab es den Buchverlag mit seinen beiden Hauptabteilungen. Auf der einen Seite Sachbücher: Theologisches, Kulturgeschichtliches, mit der Zeit auch Werke der Psychologie, bis hin zu Reiseführern und Kochbüchern. Und auf der andern Seite gab es den von mir verantworteten Teil: die Literatur im engeren Sinn. Hinzu kamen die Kinder- und Jugendbücher, die ich nebenher noch weiter zu betreuen hatte.

Es gab eine kaufmännische Direktion, die sich mit der Druckerei befasste, und es gab die sogenannte „kulturelle Direktion“ – das war Josef Rast – für die genannten Zeitschriften und den Buchverlag. Der Buchverlag, das muss man betonen, hatte im übrigen alle Bereiche, die zu einem solchen Gebilde gehören. Also: Vertriebsabteilung mit Vertretern für Berlin, für Norddeutschland, Süddeutschland, die Schweiz, sowie eine Presseabteilung, eine Werbeabteilung, eine Lizenzabteilung. Dann natürlich die „Herstellung“, also die Abteilung, die das Technische, den Verkehr zwischen Druckerei und Verlag, regelte und die Gestaltung besorgte. Ein Buchverlag mit einem klassischen Aufbau. Ausserdem gab es einen Verwaltungsrat, der allerdings nicht durchweg aus kompetenten Leuten bestand.

Hat der Verwaltungsrat auch gelegentlich in die Geschäfte eingegriffen?

In der Regel nicht. Nur in kritischen Situationen, und auch dann nicht direkt in die eigentliche Programmplanung. Mir wurde aber immer deutlicher bewusst, dass die Druckerei mehr und mehr eine „ökonomische Schlagseite“ bekam und in Schwierigkeiten geriet, und da sie wirklich das Mutterschiff war, war das beunruhigend. Ich war überzeugt, dass dabei nicht irgendwelche Mängel in der Ausstattung, im Maschinenpark und so weiter eine Rolle spielten, sondern dass es, wie meist in solchen Fällen, an der Unfähigkeit des Managements lag.

Was war denn das für eine Druckerei?

Im Zentrum stand der Buchdruck, ursprünglich noch Bleisatz, später dann Fotosatz. Es gab Zeitungsdruck, denn es wurde eine Tageszeitung herausgegeben, und es gab den Zeitschriften-Tiefdruck mit einer riesigen neuen Maschine, die aber nicht ausgelastet werden konnte.

Als ich daran ging, den Verwaltungsrat allmählich umzubauen, wusste ich, das war eine reichlich gefährliche Operation, denn ich war ja von diesem Altherrengremium direkt abhängig. Gleichzeitig war ich der Vertreter des Clans, der Walter-Familie: Alle meine Schwestern, auch meine Mutter, meine Schwäger usw. waren Aktieninhaber und -inhaberinnen und hatten mir ihre Aktienvertretung, das heisst die Stimmenvertretung für die jährliche Generalversammlung, übertragen. Dadurch war ich ein nicht unwichtiger Machtfaktor auf dieser Inhaberebene, was wiederum die beiden Direktoren als zunehmend bedrohlich empfanden. Ich war ihr Angestellter, aber gleichzeitig war ich im gesetzgebenden Gremium.

Ich versuchte zum Beispiel, Jean Rodolphe von Salis als künftigen Verwaltungsrat ins Gespräch zu bringen und Werner Weber von der „Neuen Zürcher Zeitung". Ich wollte den Verlag kulturell, literarisch und politisch sehr viel stärker absichern. Auch durch Kompetenz. Das gefiel dem Verwaltungsrat nicht.

Hatten denn konkrete Gespräche bereits stattgefunden?

Mit Jean Rodolphe von Salis: ja.

Und das wusste man im Verwaltungsrat?

Walter-Verlag

Der Walter-Verlag wurde gegründet von Otto Walter (1889–1944). 1916 hatte sich dieser die Druckerei der „Oltner Nachrichten" gekauft, und der „Katholische Pressverein Olten" übergab ihm den Druck, die Verwaltung und die ideelle Leitung der Zeitung. Schon bald verlegte Otto Walter kleine Werke, darunter einen Band mit eigenen Gedichten. 1921 wurde Otto Walters Einzelfirma in eine Aktiengesellschaft umgewandelt, in die Walter-Verlag AG. 1940 trat Otto Walter, der inzwischen als Kantonsrat, Nationalrat, Journalist, Biograph und Verlagsleiter eine rastlose Tätigkeit entfaltet hatte, aus der Direktion und dem Verwaltungsrat seines Verlages zurück. Kurze Zeit später gründete er den Verlag Ilion GmbH. Im Oktober 1942 kehrte Otto Walter wieder in den Walter-Verlag zurück, und zwar als Präsident des Verwaltungsrates. Am 30. Juli 1944 starb er an den Folgen einer Embolie.
Schon kurz nach seiner Gründung erlebt der Walter-Verlag einen rasanten Aufschwung. Eine bedeutende Erwerbung sind die Verlagsrechte an der katholischen Familienzeitschrift „Der Sonntag", 1924 wird eine Zweigniederlassung in Konstanz eröffnet, bald darauf die katholische Familienzeitschrift „Die Woche im Bild" angekauft. Bestseller des Buchverlags ist *Pfarrer Künzles Volkskalender:* 1933 sind 160'000 Exemplare verkauft. 1937 wird sogar eine betriebseigene Autoreparaturwerkstätte eingerichtet. Nach dem Krieg produziert der Buchverlag Jugendbücher sowie kulturhistorische und theologische Schriften.
Buchdruckerei und Zeitschriften- sowie Buchverlag beschäftigen zeitweise mehr als 400 Personen. Die Nachkommen und weiteren Verwandten von Otto Walter halten bis weit in die siebziger Jahre hinein einen bedeutenden Teil des Aktienpaketes in Händen. Auch Otto F. Walter besitzt Aktien, daneben verwaltet er Anteile aus seiner Familie. Heute gehört der Walter-Verlag dem Düsseldorfer Patmos Verlag.

Ich muss gestehen, ich weiss nicht mehr genau, wen ich damals in diese umstürzlerischen Vorstellungen eingeweiht habe, aber jedenfalls sickerte das irgendwie durch. Ich bemühte mich darum, wenn auch mit sehr geringen Mitteln, Aktien dazuzukaufen, ich hatte mit der Bank ein Abkommen. Kurzum, ich sah, wie schwach mein nun schon recht gross gewordenes literarisches Programm dort, wo die wirklichen Entscheidungen fielen, abgesichert war. Zudem hatte ich ernsthaft Sorge, dass die Druckerei in Schwierigkeiten geraten könnte.

Zu diesem Zeitpunkt bekam ich eine Anfrage von Klaus Wagenbach, Lektor beim Fischer Verlag in Frankfurt. Er kam zusammen mit Golo Mann nach Olten, und sie fragten mich, ob ich bereit wäre, mit dem Ehepaar Fischer – Gottfried Bermann Fischer und dessen Frau, die Tochter des alten Samuel Fischer – über die Gesamtleitung des Fischer Verlags zu verhandeln. Klaus Wagenbach und Golo Mann waren Abgesandte und sollten bei mir vorfühlen. Ich fiel von allen Stühlen, denn der S. Fischer Verlag war und ist wohl nach wie vor der prominenteste deutsche Verlag in diesem Jahrhundert. Das kann man, glaub ich, sagen, ohne die Verdienste des Suhrkamp Verlages zu schmälern.

Nach einem Gespräch mit den Fischers erbat ich mir Bedenkzeit. Ich informierte meinen direkten Vorgesetzten, Josef Rast, sowie den Verwaltungsratspräsidenten Franz Baumgartner, der ein Verwandter von mir war; gleichzeitig erklärte ich den Fischers gegenüber, ich würde eigentlich lieber dazu beitragen, dass der Walter-Verlag für die zweite Hälfte dieses Jahrhunderts ein kleiner Fischer Verlag würde. Das war gross angegeben …

... und ein schöner Vorsatz!

Damit war dieses schöne Angebot erst mal vorbei. Ein bisschen benutzte ich es auch als Druckmittel. Ich war inzwischen Prokurist geworden, war also zeichnungsberechtigt und als Vizedirektor Mitglied des Direktoriums. In diese Zeit fiel die Trennung von meiner Frau. Das wiederum war für den katholisch-konservativen Verwaltungsrat zu viel. Ein Direktoriumsmitglied in diesem katholischen Unternehmen hatte eine christliche Ehe zu führen. Entsprechend wurde mir nach sehr kurzem Gastspiel auf der zweitobersten Ebene der Rücktritt nahegelegt. Ich willigte ein unter der Bedingung, nur noch fünfzig Prozent zu arbeiten, um mehr Zeit für meine schriftstellerische Arbeit zu haben. Diesen Handel haben wir abgeschlossen, ich war vergleichsweise gut bezahlt und konnte intensiver schreiben als vorher.

Das hiess also weniger Präsenz im Verlag bei gleichbleibender Kompetenz – und nun auch mehr Zeit zum Schreiben.

Ja. Die Situation im Verlag spitzte sich jedoch zu, als ich 1964 eine Beziehung hatte zu Dominique Haberthür, die später meine Frau wurde. Sie war Lehrerin. Wir wohnten eine Zeitlang in Bern, wurden als Konkubinatspaar allerdings hinausgeworfen, auch das war damals möglich. Wir lebten dann in Aarau, zuerst im Rombachtäli, später in der Stadt in einem Hochhaus, bis zu meinem Auszug in die Bundesrepublik. In Olten selber war mir nicht mehr wohl. Die Scheidung hatte wirklich einen – in der Gesellschaft des kleinen Städtchens – etwas skandalösen ...

… Anstrich …

Anstrich – so kann man's wohl nennen. Damit ist der Hintergrund der letzten Jahre beim Walter-Verlag skizziert.

Das Zusammenwirken der geschäftlichen und der privaten Seite?

Genau. Ich muss noch etwas erwähnen. Nach zweijähriger Trennung, als absehbar wurde, dass eine Scheidung ins Haus steht, hat meine Mutter mir mitgeteilt, dass sie mit ihren Töchtern und deren Ehepartnern übereingekommen sei, mir das Vertrauen zu entziehen, mir also die Vertretung der Aktienstimmen künftig zu verweigern. Womit ich natürlich eines psychologisch wichtigen Schutzes für mein Programm beraubt war. Und damit war ich verletzlicher geworden in diesem Machtgefüge. Diese Sache spielte später noch einmal eine Rolle, als der Konflikt eskalierte. Der Konflikt war in diesen Jahren schon da. Er entzündete sich dauernd an irgendwelchen Kleinigkeiten. Es gab immer wieder Erfolgserlebnisse für das literarische Programm; es gab ab und zu auch bedeutende Erfolge im kulturgeschichtlichen Programm – aber schon vom Herstellungsetat her war das andere Programm mit seinen umfangreichen Bildbänden vielleicht dreimal teurer als mein kleines. Es wurden – für mein Gefühl – abenteuerliche Sachen unternommen, etwa die Herausgabe einer Weltgeschichte geplant mit unendlich vielen Mitarbeitern und Wissenschaftlern aus der ganzen Welt. Das Werk ist nie auch nur bis zur Hälfte gediehen. Es wurde ein riesiges Werk über „Das

Schiff" herausgegeben, *Die Schiffe der Völker* hiess es, mit ungeheuren Vorbereitungskosten.

Es gab folglich Kämpfe an den Konferenzen, allein schon um die Budgetanteile, wobei in der Regel das Team auf meiner Seite war. Und: Ich hatte eine eigentliche Profiausbildung für diesen Beruf. Die geisteswissenschaftlichen Akademiker im anderen Bereich hatten das nicht. Der Konflikt spitzte sich immer wieder zu, auch an politischen Fragen.

Welcher Art waren diese Fragen?

Es gab zum Beispiel eine unglaubliche Auseinandersetzung um eine Volksinitiative, die für alle Zeiten ein Verbot von Atomwaffen für die Schweizer Armee verlangte. Für diese Initiative setzte ich mich ein, Rast war völlig dagegen, das gab handfeste Kräche. Oder ein Buch von Georg Picht: *Die Deutsche Bildungskatastrophe* – ein interessantes, ein wichtiges Buch. Aber Picht verlangte als Verfasser für das Vorwort einen gewissen Gieselher Wirsing. Und bei mir klingelte es bei diesem Namen, ich rief Klaus Wagenbach an und sagte, Klaus, was sagt dir der Name – irre ich mich? Und er sagte, nein, du irrst dich nicht, im Gegenteil – und er hat mir die Buchtitel von Wirsing aufgezählt, alles Titel à la „Deutschtum nach Osten" usw. Und da hab ich mich quergelegt. Das hatte eine riesige Auseinandersetzung zur Folge, auch mit Picht. Es ging so weit, dass wir zu dritt in den Schwarzwald zu Georg Picht fuhren und ich immerhin Gelegenheit bekam, ihm meine Bedenken vorzutragen. Ich habe auch mit meiner Kündigung gedroht, die Sache war ziemlich verfahren.

Solche Dinge gab's also. Und dennoch: Rast hatte ganz grosse Verdienste, er bemühte sich sehr um die Öffnung des Programms. Er war ein gebildeter Mann, mit – für mein Gefühl – zu vielen Interessen. Er konnte abends von einer Sitzung aus Zürich zurückfahren, im Zug irgendeinen Spezialisten für Ornithologie kennenlernen, und sofort war klar, dass wir innerhalb des nächsten halben Jahres ein Buch auf dem Schreibtisch hatten – über Ornithologie. Und das, obgleich der Verlag diese Spezialität nicht auch noch pflegen konnte. Er wollte immer gleich alles machen, und das war rührend, war auch schön, lebendig. Die ganze Mannschaft versuchte dauernd, angesichts der wenigen Mittel, die wir hatten, zu konzentrieren. Das konnte ich in meinem Programm durchhalten.

Dazu kam nach wie vor das Ungleichgewicht des öffentlichen Echos: Die Medien nahmen den literarischen Walter-Verlag unglaublich aufmerksam wahr, alle Medien. Das musste den kulturgeschichtlich Produzierenden ungerecht vorkommen: Es konnte doch nicht mit rechten Dingen zugehen, wenn der Roman eines gewissen Peter Faecke seitenweise in der „Zeit" und der FAZ und der NZZ besprochen wurde – und vielleicht zehn Zeilen über ein mit Sicherheit ebenso gewichtiges Buch irgendeines Theologen erschienen.

Wurde das direkt angesprochen?

Ja, auch. Dazu kam aber, dass ich in den Medien immer als Verleger bezeichnet wurde wegen meiner Namensgleichheit mit dem Verlag. Das führte zu immer neuen Schwierigkeiten. Ich hatte zum Beispiel mit Carl Amery regen Briefkontakt. Er schlug einen Aufsatzband vor, der aber nicht im literarischen Programm, sondern im philosophisch-religiösen Programm Platz fand. Er kam nach Olten, unterhielt sich mit Rast und dem zweiten Direktor und kam nachher mit ihnen zu mir, um sich zu bedanken, dass er ein so fruchtbares Gespräch mit meinen Direktoren habe führen können – eine schreckliche Bemerkung. Er konnte nicht wissen, in welches Wespennest er da stiess. Ich tat sofort, was ich dauernd tat, allen Seiten gegenüber: Ich konnte nur dementieren, stopp, stopp, ich bin hier keinesfalls ... und so weiter. Aber das war eine Sache, die immer wieder passierte, und es gelang mir nur zum Teil, die Befürchtung zu zerstreuen, die sich da in den Köpfen festsetzte: dass ich eigentlich die Gesamtleitung übernehmen möchte ...

Es war ein Konflikt, der auch viel mit Neid über den Erfolg zu tun hatte, und diesen Hintergrund muss man im Auge behalten, wenn man verstehen will, was nachher passierte.

Wir werden auf den Konflikt zurückkommen. Zuerst möchte ich gern auf Walter Boehlich zu sprechen kommen, mit dem Sie in Kontakt standen. Boehlich war eine Zeitlang Cheflektor bei Suhrkamp, bis er im Jahr 1968 den Verlag verliess.

Folgendes: Boehlich war 1968 eine zentrale Figur des Aufstands der Lektoren bei Suhrkamp. Ich muss zurückblenden, in die Zeit des Hegner Verlags, ins Jahr 1955, ins letzte Jahr, als ich bei Hegner war. Dort war gerade eine grosse Kierkegaard-Gesamtausgabe in Neuübersetzung erschienen. In der Zeitschrift „Merkur" wurde sie von einem weder mir noch Hegner bekannten Mann namens Walter Boehlich schlicht in Fetzen zerrissen. An hundert Beispielen, die absolut schlagend waren, wies er die mangelnde Qualität nach. Hegner, wie immer schlau und souverän, schrieb sofort an Boehlich: „Sie sind mein Mann, ich brauche dringend einen Übersetzer für ein Werk von Kierkegaard." Es handelte sich um *Entweder – Oder,* den berühmten Traktatus, und Boehlich sagte zu. Und damit war der Bock zum Gärtner geworden. Er kam nach Olten, um seine Übersetzung abzuliefern, aber Hegner war nicht da, er war in Lugano. Ich durfte ihn empfangen, wir gingen zusammen essen und haben uns ausserordentlich gut verstanden. Vielleich gerade, weil wir diametral entgegengesetzte Naturelle sind. Ich war schockiert über eine Bemerkung von ihm, die Aufgabe des Intellektuellen sei es, zu zersetzen. Für mich, dem das Positive ja immerhin in den christlichen Knochen steckte, wirklich ein Schock. Ich fragte nach, wir diskutierten, und er hat mich sehr beeindruckt durch den Ernst, mit dem er seine These begründete. Das muss 1955 gewesen sein. Er ging nachher nach Spanien, war dort Lektor für Deutsche Literatur an einer spanischen Universität. Ihm schickte ich den Umbruch von Anderschs *Sansibar*-Roman, blieb also mit ihm in Verbindung.

Auf der Buchmesse 1958 kam Boehlich zu mir an den Walter-Stand und lud mich – er war inzwischen Lektor bei Suhrkamp – zum Empfang beim alten Peter Suhrkamp ein. Dort traf ich „meinen" Autor Klaus Roehler im Gespräch mit dem mir damals nicht bekannten Günter Grass. Der wiederum reagierte ironisch, als wir einander vorgestellt wurden, ungefähr so: Sie sind also der, der meine Zeichnungen abgelehnt hat?! Na ja!

Das waren die Illustrationen zum Triboll?

Ja. Und wir haben uns gut verstanden, soweit zumindest, dass mich Grass ein paar Monate später angerufen hat. Er sei in Lenzburg bei seiner Braut, Anna Schwarz, ob wir uns sehen könnten. Er kam nach Olten und schaute sich den Verlag kurz an. Wir fuhren auf die Froburg, machten einen langen Spaziergang ostwärts Richtung Aarau, auf den Höhen durch den Wald, und diskutierten mit zunehmender Heftigkeit über ein unglaubliches Thema. Wir hatten nämlich festgestellt, dass wir beide eine katholische Herkunft aufwiesen: Es ging um die Unbeflecktheit Mariens. Mir gefiel, dass er die katholische Morallehre verteidigte, die auf diese Unbeflecktheit Wert legt. Damit komme etwas wirklich Grosses, etwas Poetisches in die Religion – und es sei ein Bekenntnis zur Frau, gewissermassen. Eine ziemlich wirre Diskussion, vor allem von meiner Seite her. Grass hat mich einfach ausgelacht, aber wir haben richtig hart – auch später noch beim Bier – darüber diskutiert. Das hat uns irgendwie verbunden. Ich war später ein oder zwei Mal mit ihm zusammen – in jener Zeit noch vor der *Blechtrommel,* auch im Hause Schwarz.

Noch eine Geschichte aus dieser Zeit: Es gab damals B., der mit der Buchhändlerin Melusine Huss in Frankfurt liiert war, die eine wichtige Rolle spielte im geistigen Leben Frankfurts. Eine feine, grossartige, aktive Frau, die sich immer wieder auch für das Programm des Walter-Verlags einsetzte. B. sagte sich bei mir irgendwann telefonisch an, kam nach Olten und erzählte mir von einem wunderbaren Projekt, an dessen Inhalt ich mich nicht mehr erinnere. Ich sagte, fabelhaft, fehlt eigentlich nur noch eines: schreiben. Schreiben, und dann wieder kommen. Er war wirklich ein glänzender Erzähler. Er hatte ein kleines Buch in einem kleinen Verlag publiziert, mit Illustrationen und grossen Lettern, daran erinnere ich mich – den Titel weiss ich nicht mehr. Er kam dann, vielleicht ein halbes Jahr später, wieder nach Olten, und wieder hat er mir ein neues Projekt vorgestellt. Und wieder konnte ich nur sagen: Muss absolut sein, bitte nur noch schreiben. Ich glaube, das hat sich noch zweimal wiederholt. Irgendwann sagte ich, also jetzt haben Sie die Möglichkeit, sich mal drei, vier, fünf Monate zurückzuziehen, der Verlag wäre bereit, eine, wenn auch bescheidene, monatliche ökonomische Hilfe zu leisten, damit Sie genau das Projekt realisieren können, von dem Sie jetzt erzählen. Er stimmte zu, und der Verlag hat ihm einen Betrag überwiesen, ich glaube, lumpige 300 Franken. Er zog in ein Kloster in der Nähe von Frankfurt und schrieb. Er schrieb auch schöne Postkarten und Briefe über den Fortgang der Arbeit. Ich erkundigte mich immer wieder nach seinem Befinden. Es klang alles sehr gut, bis plötzlich ein Brief kam, worin er mir mitteilte, ich möge mich künftig an seinen Anwalt wenden, er setze nun seinem Leben ein Ende. Der Brief endete mit Adieu – ich stürzte ans Telefon, versuchte, dieses Kloster zu erreichen, wurde mit ihm verbunden, sagte halt, halt, B., tun Sie das nicht, eh wir nicht über alles, auch über ihren Nachlass, gesprochen haben. Ich fragte ihn, welche Art er sich ausgewählt habe, und sagte, ich hätte schreckliche Dinge mitangesehen. Es sei grässlich, was Chemie in dieser Hinsicht alles anrichte mit Leuten, die dann eben nicht sterben und jahrelang vergiftet und gelähmt seien. Ich lud ihn im Namen des Verlags ein, er solle noch heute den Zug besteigen und nach Olten kommen, er könne bei mir privat übernachten. B. kam. Ich hatte ihm am Telefon gesagt, ein klares und sauberes, vergleichsweise schmerzloses Mittel sei meine Offizierspistole, die würde ich ihm zur Verfügung stellen. Das hatte ich ihm versprechen müssen. Er kam also, wir fuhren die fünf Kilometer nach Rickenbach, ins schöne Haus, wo ich mit meiner Familie lebte. Und hier, in einem der Dachzimmer, konnte er wohnen. Wir haben zusammen zu Abend gegessen, uns dann lange unterhalten. Ich habe ihn einfach gebeten zu erzählen, und das tat er auch. Ungeheuer eindrücklich seine Geschichte, ein grosses Thema. Mit einem Vater, der in der Nazihierarchie weit oben gestanden hatte. Und die ganze Zeit über zugleich der immer näherrückende Moment, wo er sagen würde: Und die Pistole? Mir war äusserst unwohl. Ich holte meine Pistole aus dem Schrank, begleitete ihn zum Zimmer hinauf, zeigte ihm, wie sie funktioniert, lud sie und sagte, also, es ist Ihre Entscheidung. Mich würde freuen, wenn wir morgen zusammen frühstücken könnten, einen kleinen Spaziergang machen und über alles sprechen. Aber ich hatte es versprochen, und ich fand, das ist nun unser aller Risiko. Also legte ich die Pistole hin und ging. Mit eingezogenem Kopf ging ich irgendwann todmüde zu Bett und wartete immer auf den Knall …

… der nicht kam.

Am Morgen erwachte ich und wusste nicht, ob ich ihn verschlafen oder ob er nicht stattgefunden hatte, kurz, B. erschien zum Frühstück. Wir sprachen nicht mehr vom Vergangenen, und er war für diesen Tag und die zwei folgenden Tage Gast im Haus. Er ass mit uns, meiner Familie und mir, spielte wunderbar Fussball mit den drei Buben, wir machten Spaziergänge, wenn ich abends nach Hause kam, und er schien dem Leben eigentlich wiedergeschenkt.

Soweit wäre alles in Minne ausgegangen, es kam dann allerdings zu einem ganz saudummen, von mir aus gesehen blödsinnigen Streit mit meiner damaligen Frau Rita. Es ging um irgendeine Grammophonplatte, die sie hören und ich nicht hören wollte oder umgekehrt. Da ich damals ein jähzorniger Mensch war, auch mal einen Radioapparat durch die Scheibe auf die Strasse schmetterte oder ähnlich dumm reagieren konnte, schrie ich laut, und B. war völlig entsetzt. Das muss in ihm wohl geradezu traumatische Erinnerungen geweckt haben. Jedenfalls hatte es zur Folge, dass B. am nächsten Tag in den Verlag ging und bei Rast vorsprach, den er inzwischen auch kennengelernt hatte: Walter sei hinüber, sagte er, dieser Mann sei paranoid und müsse sofort aus dem Verkehr gezogen werden.

Er müsse also hospitalisiert werden?

Irgendwie stillgelegt werden. Sofort wurde mein Schwager, ein Arzt, eingeschaltet, Konferenzen fanden statt, man hat mit einem Freund, einem praktizierenden Psychiater in Bern, über eine Einlieferung in die Waldau gesprochen.

Allein auf Grund der Äusserungen von B.?

Ja, das hat natürlich sofort gewirkt. Das traf auf eine Bereitschaft.

Auf die Bereitschaft, sowas für bare Münze zu nehmen?

Ja. Und es stimmt, ab und zu, ganz selten allerdings, konnte ich auch im Verlag schreien. Was immer auch deshalb auffiel, weil ich sonst ein stiller Mensch war. Das machte dann mein Verhalten so verwirrend.

Der Kontrast war einfach zu gross.

Ja, anscheinend. Jedenfalls war alles vorbereitet. Ich sah nur noch eine Chance: Dankbar erinnerte ich mich an die Zeit, als ich im Buchlager gearbeitet hatte – mit Simon Jäggi aus Wolfwil, einem körperlich sehr starken Mann, und dessen Kollegen. Ich bat die beiden alten Kumpel zu mir ins Büro und sagte, ihr müsst gar nichts machen ausser dasitzen, und wenn irgendwer kommt und mich abholen will, dann werfen wir den raus, ja? Nicht fragen, gar nichts. Sie fragten trotzdem: Wollen die dir an den Kragen? Ich antwortete: Sie wollen mich sogar in eine Anstalt abschieben. Und dann kam Doktor Rast mit B. und erklärte mir, man sei sich einig mit der Familie: ich bräuchte Ruhe und würde in der Waldau bei Bern eine sehr menschliche Pflege geniessen dürfen. B. sei bereit, stellvertretend meine Arbeit zu übernehmen. Rast blickte sich um, sah die beiden Herren aus dem Buchlager an und ging hinaus, nachdem er uns beiden empfohlen hatte, die Übergabe vorzunehmen und das Aktuelle zu regeln: Herr B. kennt sich da aus in diesem Metier, das ist keine Sache. Er werde täglich mit mir telefonieren. Als B. sich mir gegenüber hingesetzt hatte, sagte ich: B., Sie haben drei Minuten Zeit, dann haben Sie den Walter-Verlag verlassen! Hier sind, darf ich vorstellen, Herr Jäggi, Herr Baschung, die werfen Sie raus, und ich werde ihnen dabei helfen! In drei Minuten sind Sie draussen, sonst passiert's. Raus, gopferdammi! Und ich habe getobt – es war eine grossartige Szene.

Aus dem versprochenen Buch, das kann man sich leicht vorstellen, ist nichts geworden. Ist es anderswo erschienen? Hat B. es vielleicht gar nicht geschrieben?

Ich weiss es nicht. An die Fortsetzung kann ich mich nicht erinnern.

Gehen wir weiter. Helmut Heissenbüttel – wir haben schon einmal über ihn gesprochen. Mit ihm zusammen haben Sie die „Walter-Drucke" ins Leben gerufen, die ja heute noch Legende sind. Wie sind Sie auf die Idee gekommen, eine Reihe zu gründen in dieser spezifischen Form? Wie sah die Zusammenarbeit mit Heissenbüttel aus?

Wir wollten schwierige Gegenwartsliteratur, in der sich Veränderungen des literarischen Sprechens abzeichneten, herausgeben – im Bewusstsein, dass der Markt dafür klein war und solche Publikationen in der Regel ihre Kosten nicht einspielen können. Und es gab dann meine Idee, dass Andersch und Heissenbüttel als Herausgeber eine solche Reihe verantworten könnten.

Parallel zu den Gesprächen mit Andersch und Heissenbüttel diskutierten wir in unserem Team, im Verlag. Und ich glaube, es war Herbert Placzek, ein hervorragender Rechner, der meine Programmarbeit sehr unterstützte. Zusammen mit ihm und dem Hersteller Theo Frey haben wir da geknobelt und diskutiert und nach einer sowohl editorisch wie gestalterisch überzeugenden als auch marktgerechten Möglichkeit gesucht.

Es lagen zu diesem Zeitpunkt also noch keine Texte vor?

Wir kamen auf folgende Formel: sehr gepflegte Bücher – hinsichtlich Papier, Schrift, Druck, Typographie, Einband, der gesamten Gestaltung also – und eine kleine Auflage. Damit sollte das Exklusive, Teure betont werden, denn solche Bücher sind in der Regel in einem halben Jahr vergriffen. Ein bisschen angeben gehört zum Metier! Gleichzeitig gab es mehrere Projekte, für die ich eigentlich gar kein Gefäss im Programm hatte. Und so kamen, als die Gespräche mit Andersch und Heissenbüttel bereits im Gange waren, gleichzeitig mehrere Dinge zusammen. Das eine: Reinhard Baumgart hatte eine Lesung in Solothurn, in der „Töpfergesellschaft". Anschliessend sassen wir im „Roten Turm" zusammen. Dort war Jörg Steiner, seit längerem Walter-Autor, neben ihm eine Reihe anderer Leute. Wir unterhielten uns angeregt, und dabei sagte Jörg Steiner zu mir, wir waren nach wie vor per Sie: Schauen Sie, der da drüben, das ist Peter Bichsel. Er hat mir vor einiger Zeit sehr schöne

Geschichten geschickt. Ich finde, Sie sollten sich diesen Namen merken. Ein paar Monate später erhielt ich einen Umschlag mit Geschichten. Es waren jene Geschichten, Sie ahnen es, die später unter dem Titel *Eigentlich möchte Frau Blum den Milchmann kennenlernen* erschienen sind. Ich habe sie am selben Abend gelesen und Bichsel ein Telegramm geschickt.

Von Olten nach Solothurn?

Nach Zuchwil, wo er damals wohnte. Er war im Militär, vielleicht deshalb das Telegramm. Und weil ich das in aller Feierlichkeit tun wollte. „Finde das ganz toll und möchte diese Geschichten herausgeben. Bitte um Anruf, bitte um Besuch." Er kam nach Olten, wir sprachen über das Manuskript. Vor allem aber sagte ich ihm: Ich habe ein grosses Problem. Wie lässt es sich verlegerisch lösen, solch kleine Geschichten auf den Markt zu bringen? Kurzprosa dieses auf tückische Weise anspruchsvollen Typs sei in aller Regel chancenlos, falle zwischen Stühle und Bänke. Und er möge mir doch etwas Zeit geben. Ich muss mich fast im nachhinein noch schämen, dass ich ihm darlegte, ich wolle eine Art kleinen Fonds äufnen, das heisst, die Geschichten einigen Leuten beim Radio und in Redaktionen anbieten, und was da eingehe, könnten wir dann auf die Seite legen; auf diese Weise könne ich das Projekt dem Verlag gegenüber wirklich verantworten. Das Beispiel zeigt, dass ich unter höchstem Druck stand, ja keine ökonomischen Flops zu riskieren. Jede Entscheidung für ein Buch musste ich siebzehnmal hin und her bewegen, da ich sehr sparsam war.

Kurzum, Bichsel ist darauf eingegangen. Ich versprach ihm, das Buch in einem Jahr, spätestens anderthalb Jahren, zu machen, die Zusage habe er immerhin. Jürgen Manthey, zum Beispiel, hat im Hessischen Rundfunk gesendet, Werner Weber druckte in der „Neuen Zürcher Zeitung" usw., so hatte ich dem Verlag gegenüber die Ausweise, die nötig waren. Denn alle Beteiligten lasen die Geschichten, sagten: Ist so ein bisschen dünn und klein, wo sind da die grossen Leidenschaften, wo ist der epische Zug usw. Ich schwörte zwar drauf, aber ich stand zunächst alleine da.

Was waren die anderen Projekte, für die Sie noch kein Gefäss hatten?

Die schon erwähnte Frau Huss aus Frankfurt rief mich an und verband mich mit H.C. Artmann, der bei ihr zu Besuch war. Er sagte mir, er habe ein Buch geschrieben mit dem Titel *Das suchen nach dem gestrigen tag oder schnee auf einem heissen brotwecken.* Ein tagebuchartiger Prosaband, den ich nach wie vor für eines seiner besten Werke halte. Er besuchte mich in Olten, und auch bei diesem Text wusste ich nicht recht, wie ich ihn publizieren sollte.

Weiter hatte ich Kontakt mit Gerda Zeltner-Neukomm, mit der ich mich sehr gerne über Literatur unterhielt, vor allem über die französische. Als Expertin für den „nouveau roman" – sie hatte bei Rowohlt ein Buch darüber publiziert, später auch in den „Walter-Drucken" – schrieb sie regelmässig Aufsätze in der „Neuen Zürcher Zeitung". Sie war immer sehr interessiert am Geschehen im Verlag. Sie hatte mir zum Beispiel von diesem Francis-Ponge-Band erzählt, den sie in der Folge herausgab und den Hildegard Baumgart übersetzte – kurz, es gab mehrere Projekte, die sich, wie ich fand, für eine solche Reihe eigneten. So schickte ich das Bichsel-Manuskript, das Artmann-Manuskript, die Ponge-Übersetzung und *Nuancen und Details* von Ludwig Hohl den beiden potentiellen Herausgebern. Heissenbüttel telefonierte aus Stuttgart, wo er als Leiter des Radio-Essays am Süddeutschen Rundfunk tätig war, er sei einverstanden, finde das sehr schön. Alles würde er gern verantworten. Von Andersch kam vernichtende Kritik; das sei ja nun das Allerletzte an Schwachstromliteratur. Hohl: völlig absurd; Ponge: gut, das könne er anfassen, gelten lassen; H.C. Artmann: jenseits; Bichsel: völlig wertlos. Ein ressentimentgeladener Brief, der mir zeigte, dass meine Kritik am Roman *Die Rote,* der kurz zuvor erschienen war, Andersch viel mehr verletzt hatte als von mir befürchtet. Ich hatte damals den Verdacht geäussert, die Figur der rothaarigen Schönheit – die Rote – könnte etwas zu edel, zu gut, und damit ein bisschen zu klischiert geraten sein.

Und das hat er nicht vergessen?

Das hat er nicht vergessen. Er hat später sogar, obwohl wir sehr befreundet waren, uns immer wieder getroffen haben, starke Verfolgungsängste auf mich projiziert. Irgend jemand musste schuld daran sein, dass er nicht als der europäische Autor in der Öffentlichkeit galt, als den er sich empfand. Und das konnte eigentlich nur ich sein. Ich hatte mich zu wenig eingesetzt, aber auch meine Freunde, Heissenbüttel, Baumgart und andere, waren schuld. Abstruse

Verdächtigungen, die wohl naheliegen, wenn man als Autor in einem Bergtal etwas abgeschieden lebt.

Etwas abgeschnitten auch von aktuellen Diskussionen?

Ich glaube tatsächlich, dass es für ihn nicht gut war, da oben in Berzona zu leben. Er war damit auch abgeschnitten von der Auseinandersetzung. Gut – er schrieb diesen Brief. Ich telefonierte mit Heissenbüttel, las ihm das vor, und er, ruhig wie immer, sagte: Nun, er will nicht, das muss man respektieren. Er schlug vor, wir beide könnten das zusammen machen. Ich erwiderte, ich fühlte mich weder kompetent, noch sei das günstig in bezug auf den Verlag. Da würde man interpretieren, der Walter wolle sich wieder ins Rampenlicht stellen, usw. Ich legte das Ganze dann in der Konferenz vor, erzählte den Hergang, verteilte den Brief von Andersch. Und Heissenbüttel kam nach Olten und hat seinerseits alles Rast gegenüber vertreten. So haben wir diese Reihe gemeinsam zu verantworten begonnen.

Intern hatten wir folgende Abmachung: Wenn einer von uns ein Projekt vorschlägt, dann erscheint es. Es gibt kein gegenseitiges Vetorecht, und wir tragen unsere Entscheidungen gegenseitig mit. Wir kannten unsere literarischen Vorstellungen inzwischen ungefähr, und ich verpflichtete mich, die Entscheidungen in jedem Fall dem Verlag gegenüber zu verantworten. Eine etwas tückische, kühne Regelung, aber – es ging gut. Wir publizierten zunächst eine Null-Nummer und verschickten sie an die Presse und den Buchhandel. Die genannten vier Titel, also Artmann, die Nummer eins, Bichsel, Hohl und Francis Ponge, erschienen als ein kleines Paket in jenem Herbst 1964. Die Aufmerksamkeit war gross, die Bände innerhalb kurzer Zeit verkauft. Die eigentliche Sensation dabei war allerdings der Peter-Bichsel-Band. Dazu noch eine kleine Anekdote: Ich kannte Marcel Reich-Ranicki von der „Gruppe 47", er hatte auch mein Buch *Der Stumme* sehr positiv besprochen, wir vertrugen uns gut, ein bisschen in einem frotzelnden Stil. Er rief mich jedenfalls an, er sitze da in Interlaken fest, das sei leider sein Sommer-Urlaub, bei diesem Regen hier, ein schreckliches Land, diese Berge und Seen, er könne das nicht aushalten – ob ich ihm nicht Gesellschaft leisten könne. Ich war einfach der geographisch Nächstliegende, den er kannte …

… und den er aufbieten konnte …

… ja, den er aufbieten konnte, und das tat er. Am nächsten Tag um elf war ich da. Es regnete, und ich schlug vor, mit einer Pferdedroschke eine Rundfahrt durch Interlaken zu machen. In seiner inzwischen berühmten Sprechweise fragte er mich nach den Plänen des Verlags, und ich erzählte ihm von einem jungen Schweizer Autor, von dem ich sehr viel hielte. Er lachte mich schallend aus und sagte: Das gibt es nicht, hat der Mann schon publiziert? Ich sagte, praktisch nicht, in der NZZ seien ein paar Erzählungen erschienen, und im Rundfunk. Das gibt es nicht, sagte er nochmals, ein unbekannter Schweizer Autor, der auch noch was taugt, das können Sie mit mir nicht machen. Ich gab ihm die Druckfahnen, das muss im August 1964 gewesen sein, und bat ihn reinzuschauen. Drei Wochen später, inzwischen war das

Buch herausgekommen, erschien in der „Zeit" ein Jubelruf, fast ganzseitig. „Ein neuer Autor ist geboren" usw. Das Buch – mit einer Auflage von 1200 Exemplaren und zudem teuer – war damit in der Öffentlichkeit plaziert, zusammen mit Peter Bichsel. Das war für die „Walter-Drucke" ein hervorragender Auftakt.

Kurz noch zu Peter Bichsel: Ich hatte freundschaftlichen Kontakt mit Walter Höllerer. Immer, wenn ich in Berlin war, trafen wir uns. Und dort erzählte mir Höllerer von seinem Vorhaben, ein literarisches Kolloquium einzurichten für zwölf bisher unbekannte junge Autoren. Er habe noch zwei Plätze frei. Sollte ich wider Erwarten einen Vorschlag haben, sofort, innerhalb einer Minute, sei er bereit, die Person praktisch blind aufzunehmen. Ich sagte: Notieren Sie, bitte, Peter Bichsel.

Das war alles ein Jahr vor Erscheinen des Buchs, und Bichsel war ein halbes Jahr in Berlin im „Literarischen Colloquium" und kam dort mit Nicolas Born, Hermann Peter Piwitt, Hubert Fichte, Hans Christoph Buch und anderen zusammen.

Wie wurde die neue Reihe im Verlag aufgenommen?

Zunächst durchaus wohlwollend. Man war der Meinung, dies sei noch die billigste Art, solche abstrusen Dinge zu publizieren. In beschränkter Auflage, zwar teuer ausgestattet, aber dann auch mit hohem Ladenpreis, das müsste eigentlich kalkulierbar sein. Ich hatte natürlich entsprechende Kalkulationen vorgelegt, nach denen die Kosten wieder eingespielt werden konnten.

Hat nicht der Walter-Verlag sehr lange noch Bichsel verkauft? Und an den Rechten festgehalten?

Ja. Das einzige, was der Verlag trotz aller Verhandlungsversuche zunächst von mir, dann später von Unseld und von Altenheim, meinem Nachfolger bei Luchterhand, nicht freigab, waren die Rechte an Bichsels Milchmann-Geschichten. Erst jetzt ist das anders geworden.

Was ist sonst noch in den „Walter-Drucken" erschienen?

Henri Michaux: *Wind und Staub,* wiederum übersetzt von Hildegard Baumgart. Von Konrad Bayer: *Der Kopf des Vitus Bering.* Ernst Jandl: *Laut und Luise* und andere mehr.

Ludwig Hohl taucht als Autor plötzlich im Walter-Verlag auf. Er hat ja eine sehr unglückliche editorische Geschichte gehabt: Im Konflikt um die Notizen *musste er die Publikation des zweiten Teils gegen den Artemis Verlag gerichtlich erzwingen. Er gehörte lange zu den weithin unbekannten Autoren der Schweizer Literatur.*

Erstmals hörte ich von Ludwig Hohl durch Heinz Weder, der damals ebenfalls Geschichten schrieb und publizierte. Er stand in Briefkontakt mit Hohl und erzählte mir, wie schlecht es dem Autor gehe und für wie bedeutend er ihn halte. Er verschaffte mir auch die alten Publikationen, *Nuancen und Details* und die beiden *Notizen*-Bände. Ich las darin herum, besuchte Hohl und schlug ihm später einmal eine Neuauflage von *Nuancen und Details* vor. Der Band erschien mit einem Nachwort von Heissenbüttel, was Hohl auch in der Bundesrepublik bekannt machte, innerhalb des „Sets". Ich hoffte im Grunde immer wieder auf das legendäre Buch, an dem Hohl, wie die Fama behauptete, schreibe – an dem er aber gar nicht schrieb. Immerhin hatte er Fragmente, die er allmählich herausrückte, fluchend, aber doch. Er freute sich sehr, als ein zweites Buch unter dem Titel *Dass fast alles anders ist* im Walter-Verlag erscheinen konnte, übrigens mit gutem Erfolg. Ein Band, der wirklich Erzählendes und nicht nur philosophisch reflektierende Prosa enthielt.

Ich erlebte ihn in allen Stadien der Nüchternheit. Ich erlebte, wie er in völlige Raserei geraten konnte, wenn sein Tonband aus irgendeinem Grund nicht funktionierte – und er liebte es, einem Dinge, die er vorlesen wollte, auch vorzuspielen. Wie er mit Fäusten, notfalls Schuhen, auf seinem Tonbandgerät herumhackte, worauf es dann natürlich endgültig den Geist aufgab. Ich erlebte aber auch, wie er wirklich die Wände hochgehen konnte, immer wieder seine eigenen Monologe unterbrach, weil er einen Tisch hatte mit einem Riss im Holz, quer durch. Der quietschte, sobald er sich, was er gern tat, draufstützte. Der quietschte wirklich abscheulich, und dann schlug er mit den Fäusten auf dem Tisch herum, kurzum: Ich brachte ihm einen neuen Tisch in seine Kellerwohnung in Genf. Wir gingen dann in eine Kneipe in der Nähe. Oder er verschwand schnell und kam mit zwei Flaschen Rum zurück, es wurde fast nur Rum getrunken. Er war jeweils nach anderthalb Stunden praktisch nicht mehr kommunikationsfähig, tragisch – und gleichzeitig war unglaublich, was er, vor allem noch in nüchternem Zustand, an Gedankenblitzen, aber auch an scharfen Urteilen über Zeitgenossen, loswurde. Ich habe mich wirklich sehr gut verstanden mit ihm, oft zu gut, nämlich mit der Folge, dass er nachts um halb zwei anrief und völlig unbeeindruckt von meinen Bitten, es doch jetzt genug sein zu lassen, ich müsse morgen wirklich wieder arbeiten, redete und redete.

Die Reihe wurde mit drei, vier Bänden pro Jahr weitergeführt. Ich glaube, Heissenbüttel und ich haben fünfzehn Bände herausgegeben. Jedesmal ohne irgendeinen Konflikt, jedesmal mit grosser gegenseitiger Zustimmung. Mal schrieb er ein Nachwort, mal tat ich es. Ich erinnere mich auch an Klaus Stiller: Von ihm brachten wir Montagetexte, die ich sehr gut fand. Zu Konrad Bayer müsste man noch etwas sagen.

Wie sind Sie auf ihn gestossen? Er hatte zu dem Zeitpunkt, als Der Kopf des Vitus Bering *erschien, erst wenige, winzige Publikationen vorzuweisen.*

Soviel ich noch weiss, stand Peter K. Wehrli in Zürich mit ihm in Kontakt, und Bayer rief mich von Wehrli aus an, um mir sein Projekt einer Anthologie über die „Wiener Gruppe“ vorzustellen. Er kam nach Olten. Ein ausgesprochen grossgewachsener, unglaublich gut angezogener englischer Lord trat in meine ärmlichen Gemächer und setzte sich freundlich mir gegenüber – und begann, mir vorzulesen. Und zwar ausschliesslich Texte seiner Freunde: Achleitner, Rühm, Wiener, H.C. Artmann. Ich konnte eigentlich wenig sagen, bloss zuhören. Wenn ich fragte, ob wir nicht ein

Glas Wein um die Ecke trinken gehen könnten, sagte er, es gehe nur noch einen Augenblick, und las mir nochmal – wunderschön, nicht wahr? – von Achleitner was vor. Wir fuhren dann zu mir nach Hause, mir gefiel dieser merkwürdige Vogel. Er kam wirklich in einer mir ganz unbekannten Weise daher. Wir fuhren in meinem kleinen roten Renault Dauphine nach Rickenbach, er las mir weiterhin vor, bis ich ihn bat, mir doch von sich zu erzählen. Er, ja, er schreibe. Das hörte ich zum ersten Mal.

Er war also nur aufgetreten als Herausgeber, als Sammler von Texten?

Ja, genau. Ich erkundigte mich nach seinen Texten, und er wollte mir etwas schicken. Aber ihm gehe es um diese Anthologie, die müsse jetzt einfach in einem literarischen Verlag erscheinen. Ich stimmte ihm zu, und wir machten einen Vertrag. Allerdings: Das von ihm in Aussicht gestellte Nachwort hat er nicht mehr geschrieben, weil er sich – wie Traudl Bayer mir telefonisch mitteilte – umgebracht hatte. Vielleicht ein halbes oder dreiviertel Jahr nach unserer Begegnung. Nun bat ich Gerhard Rühm um ein Nachwort, schickte ihm diese ganze Sammlung, die völlig umgebaut zurückkam. Rühm war plötzlich mit fünfzig Prozent an Texten vertreten, und ich war total sauer. Ich schickte ihm das Ganze zurück und schrieb ihm, er solle damit machen, was er wolle.

Und Gerhard Rühm hat den Band dann später bei Rowohlt unter dem Titel Die Wiener Gruppe *publiziert.*

Ich bedaure das sehr, das hätte gut ins Programm gepasst. Hingegen ist dann von Konrad Bayer der Band *Der Kopf des Vitus Bering* erschienen, ein ganz seltsames Buch. Eines, das mich faszinierte und befremdete, an dem ich rumknabberte. Ich habe Jürgen Becker, den Lyriker, gebeten, das doch mal zu lesen, weil er sich dafür interessierte. Er hat dann in einem klugen Brief sehr für die Edition plädiert. Heissenbüttel war auch dafür, und so haben wir das Buch gemacht.

Jürgen Becker hat dazu ein Nachwort geschrieben.

Ich glaube fast, ja.

Der Rowohlt Verlag war ja zur selben Zeit ebenfalls im Gespräch mit Konrad Bayer und auch an ihm interessiert.

Es ging sogar weiter. Konrad Bayer und ich waren uns einig, dass seine nächste Arbeit auch beim Walter-Verlag erscheinen würde. Er wurde auf Grund des *Vitus Bering* zur „Gruppe 47" eingeladen und las dort einen umwerfend komischen, für das Publikum massgeschneiderten Text vor. Er hatte einen ganz grossen literarischen, aber auch einen Heiterkeits-Erfolg. Und – wen wundert's? – mein väterlicher Freund Ledig-Rowohlt verstand sich mit ihm hervorragend und lud ihn zum Whisky-Trinken an die Bar ein. Die beiden haben bis zwei Uhr, solange sie noch auf den Stühlen sitzen konnten, diesen Whisky vernichtet. Und am nächsten Tag sind beide mit Schlappohren zu mir gekommen, und Ledig hat gesagt: Walter, ich muss dir sagen, ich hab dir einen Autor geschnappt. Der gehört zu Rowohlt, der Kerl!

Und hat ihm auf die Schulter geklopft. Das ist ein Rowohlt-Autor. Du musst entschuldigen, ich hab ihm – ich weiss nicht mehr, waren es achthundert im Monat – eine Rente ausgesetzt. Bitte versteh, dass er das braucht. Das kannst du mit eurem kleinen Verlag ja doch nicht!

Bayers Roman der sechste sinn *ist dann bei Rowohlt erschienen. Auch das ein tolles Buch.*

Ja, ja, ein wunderbares Buch.

Die „Walter-Drucke" waren eine sehr erfolgreiche Reihe: glückliche Auswahl der Texte sowie grosse Resonanz beim Publikum und in der Presse. Und dennoch ist gerade ein Werk aus dieser Reihe für Sie zum Stolperstein geworden …

Darf ich vorher noch eine wichtige Sache einschieben? Über Heissenbüttel kam die Nachricht zu uns, dass der Lektor Hans Dieter Müller, der beim Goverts Verlag in Stuttgart tätig war, Lektor und Freund von Alexander Kluge und anderen, seine Arbeit nicht weiterführen könne und einen Verlag suche. Ich schlug vor, Hans Dieter Müller anzustellen; er sollte sein Programm innerhalb meiner Verantwortung gewissermassen fortsetzen können. Das tat er, mit Sitz in der Filiale in Freiburg im Breisgau, und so kam zum Beispiel Alexander Kluge mit *Schlachtbeschreibung* in den Walter-Verlag – ein ganz ausgezeichnetes Buch.

Mit Kluge kam ein neuer Typ von Autor. Er versuchte sehr konsequent, Sprachstrukturen und Schreibmuster aufzubrechen. Er tat dies zum Beispiel mit *Schlachtbeschreibung,* einem Roman über Stalingrad. Meiner Meinung nach gehören seine Texte zu den Meilensteinen der deutschen Literatur in der zweiten Hälfte dieses Jahrhunderts. Dass Kluge aber als Filmregisseur, als Dozent, als Jurist und als Medienexperte einen ganzen Fächer von Medien sich angeschlossen hatte und einen ganzen Konzern bildete, das hat vielleicht dazu geführt, dass er diese literarische Linie nicht konsequent weiterführen konnte. Ich bedaure das. Immerhin war es für mich sehr spannend, seine Bekanntschaft zu machen, mit ihm zu diskutieren und seine Denkwelt kennenzulernen. Das war eine Erweiterung meines beschränkten Horizonts hier – ich lebte hinter dem Wald, in Olten, im Schutz des Jura.

Hans Dieter Müller hat übrigens ein eigentlich soziologisches Programm aufzubauen begonnen, zum Beispiel publizierte er eine zweibändige grosse Ausgabe mit dem Titel *Die Spiegel-Affäre.* Wichtig ist auch: Mit Müller kam die berühmte Poe-Ausgabe zum Walter-Verlag, an der als Übersetzer Arno Schmidt und Hans Wollschläger arbeiteten.

Müller verstärkte das Programm, weitete es aus, und manches passte genau in die „Väter-der-Moderne-Linie", die ich anstrebte. Das war etwa 1964/65. Er kam jede Woche mindestens für einen Tag nach Olten, und er, Urs Widmer und ich waren eigentlich das Team für den literarischen Verlagsflügel. Heissenbüttel schlug – wieder in den „Walter-Drucken" – ein Manuskript vor, das er mir schickte, *Laut und Luise* von Ernst Jandl. Das war ein Autor, von dem ich wenig wusste, durch Konrad Bayer hatte ich von ihm erfahren, obgleich er eigentlich nicht zur „Wiener Gruppe" im engern Sinn gehört hatte. Ich war begeistert. Mit einem

Gedicht allerdings, mit einer Umdichtung des Bibelanfangs, hatte ich Schwierigkeiten.

„Im Anfang war das Wort".

Ja, „Im Anfang war das Wort, der Geist Gottes schwebte über den Wassern. Der Geist war das Wort Gottes." Es gibt ja mehrere Übersetzungen, und das hat Jandl auf seine Weise genutzt. Er hat damit sichtbar gemacht, dass die Pfeiler unseres abendländischen Denkens auf mythisch-mystischen Nebeln gebaut sind. Und das ging selbst mir zu weit, der ich inzwischen – in der Konfrontation, mit allem, was ich da erlebte und las – mein katholisches Weltbild sehr stark hatte revidieren müssen. Und vor allem spürte und wusste ich: Dieses Gedicht bringt die ohnehin hochangespannte Stimmung im Verlag zur Explosion. Und selbst wenn man dieses provozierende Gedicht wegliesse, wäre das ganze immer noch ein Angriff in seiner Art, die Sprache aufzubrechen oder auf Rudimente zu reduzieren. Das war ein Angriff auf das christlich-abendländische Weltbild und auf alles, was mit Sprache und deren Heiligkeit zusammenhängt. Ich wusste, das wird ein heisser Lauf werden. Ich bat also Jandl, diesen einen Text wegzulassen. Er war einverstanden.

Zusammen mit meinen Teamgenossen kam ich überein, das Buch in Freiburg im Breisgau herauszugeben, den Walter-Verlag Olten gewissermassen zu unterschlagen und auch darauf zu verzichten, unseren Verwaltungsräten wie üblich Belegexemplare zu schicken, denn das konnte eigentlich nur zu einem neuerlichen Aufruhr führen.

Die Kündigung, 27. Dezember 1966

Am 27. Dezember 1966 wird Otto F. Walter vom Verwaltungsrat der Walter-Verlag AG gekündigt. „Der Verwaltungsrat", steht im Schreiben, „hat die Überzeugung gewonnen, dass Sie Ihren eigenen Weg unabhängig vom Unternehmen gehen sollten. Wir haben Ihnen deshalb den einstimmigen Beschluss des Verwaltungsrates mitzuteilen, dass er auf Ihre Dienste und Ihre durchaus anerkannten Fähigkeiten verzichten will und das Arbeitsverhältnis auf den 28. Februar 1967 auflöst."

Dieses Schreiben markiert den Höhepunkt und das Ende einer längeren Auseinandersetzung um Otto F. Walters Tätigkeit im Walter-Verlag. In den zwei, drei Jahren zuvor hat sich so viel Konfliktstoff angehäuft, dass im nachhinein kaum mehr auszumachen ist, was nun den Ausschlag gegeben hat. Eine bedeutsame Rolle in der Auseinandersetzung mit der Unternehmensleitung spielt die Tatsache, dass Walters Ehe 1964 geschieden worden ist. In der Folge hat ihn der Verwaltungsrat zurückgestuft, der Vizedirektor muss seinen Posten räumen, der katholische Verlag kann auf seiner Direktionsetage keinen Geschiedenen dulden. Wichtiger ist aber wohl, dass Walter mit seinem literarischen Programm einen grossen, vermutlich zu grossen Erfolg hat und damit andere Teile des Unternehmens in den Schatten zu stellen droht. Sein Mut zu experimentellen Texten (die heute allesamt Klassiker sind) wird vom Verwaltungsrat moniert, von einem interessierten Publikum indessen honoriert, die Bücher finden Absatz. Mit seiner verlegerischen Spürnase und der in einem belletristischen Verlag unerlässlichen Beweglichkeit muss er im Walter-Verlag öfter anecken.

Kein Wunder, hat sich Otto F. Walter bei seinen Vorgesetzten immer wieder dafür zu entschuldigen, dass man ihn in der Presse als den „Verleger" des Walter-Verlags bezeichnet – was er laut seinem Anstellungsvertrag nicht ist. Und schliesslich kommt hinzu, dass Otto F. Walter einen exzellenten Ruf auch als Schriftsteller hat; immerhin ist sein Erstling *Der Stumme* 1959 in der „Frankfurter Allgemeinen Zeitung" vorabgedruckt und im selben Jahr mit dem „Internationalen Charles-Veillon-Preis" ausgezeichnet worden.

Die Kündigung ist über einige Wochen das beherrschende Thema nicht nur der literarischen Welt. „Walter ade! Literarischer Selbstmord eines Verlages?" überschreibt Rolf Michaelis seinen Artikel in der „Frankfurter Allgemeinen Zeitung" vom 10. Januar 1967. „Was in Österreich nie gelungen ist, hat dieser Mann für die Schweiz geleistet: dass die zeitgenössische Literatur deutscher Sprache ausserhalb Deutschlands ein Zentrum hat." Und weiter heisst es: „Dem literarischen Selbstmord des Walter-Verlags folgt ein Rennen auf die Autoren. Die wildesten Gerüchte über die Zukunft der Autoren laufen um: Da soll Augstein einen neuen literarischen Walter-Verlag finanzieren, Unseld sich interessiert zeigen, Fischer schon ein Angebot machen."

Otto F. Walter wird mit Solidaritätsbezeugungen geradezu überschüttet. Autoren, Lektoren, Redaktoren, Buchhändler, Verleger, Leser und Leserinnen, selbst Anlageberater und Unternehmer melden sich, einige sogar mit dem Angebot, bei der Gründung eines neuen Verlages zu helfen. Aus Zürich meldet sich ein Advokat: „Für den Fall, dass Sie beabsichtigen sollten, Ihr eigenes Verlagsunternehmen aufzubauen, bitte ich Sie zur Kenntnis zu nehmen, dass ich grundsätzlich bereit wäre, mich als Minderheitsaktionär an einem solchen Unternehmen zu beteiligen."

25. Februar 1994

1967 übernehmen Sie das literarische Programm des Luchterhand Verlags. Welche Situation finden Sie im Sommer 1967 in Neuwied vor?

Als ich Anfang März 1967 nach Neuwied umzog, fand ich eine streng hierarchische Struktur innerhalb des Verlages vor. Meine Mitarbeiter waren: Peter Frank, der allerdings bereits gekündigt war als Cheflektor. Er war ein gebildeter Mann, ein vielleicht etwas stark am Historischen orientierter Germanist. Dann Elisabeth Borchers, die bekannte Lyrikerin, eine grossartige und ungeheuer fleissige Lektorin. Ausserdem Wolfgang Promies, Germanist, und Wolfram Schäfer, Romanist – beide promoviert. Im technischen Bereich existierte eine kleine Equipe, der Vertrieb war kaum besetzt. Presse und Werbung überbesetzt, Lizenzbüro abwesend, dann ein winziger, offensichtlich neu zusammengestellter Vertreterstab des Luchterhand Verlags mit einem sachkundigen, etwas brutalen Verkäufer an der Spitze, dem Herrn Kunz, mit dem man aber auch kühne Dinge auf dem Markt realisieren konnte.

Gleich in den ersten vierzehn Tagen hat sich Gerhard Rebmann bei mir gemeldet, früherer Vertriebsleiter bei Suhrkamp, hochgebildet, zudem Autor eines höchst kühnen, kleinen, phantastischen Romans mit dem Titel *Die Zumutungen der Miss Virginia* bei Kiepenheuer & Witsch. Er rief mich an, wir kannten uns nicht sehr gut, und sagte: Ich möchte da mittun. Mir ist eigentlich zunächst Wurscht, in welcher Funktion, mich reizt das, da ist spürbar ein Aufbruch, da wird eine Literatur praktiziert, die mir liegt. Wir trafen uns im Verlag und waren uns sehr schnell einig, dass er zunächst als Vertreter im süddeutschen Raum arbeiten sollte. Zwei Monate später kam er nach Neuwied.

Laien haben immer wieder Mühe, sich die Bedeutung der Verlagsvertreter im Buchhandel vorzustellen. Diese kann kaum überschätzt werden. Ein Verleger und seine Produktion sind verloren, wenn der Aussendienst nicht kompetent mitdenkt und handelt. Das war mit Rebmann und mit Kunz der Fall. Zusätzlich gab es Anna Panknien in Berlin, eine sehr kompetente Buchhändlerin. Und den Vertreter des Walter-Verlags in der Schweiz, Hans-Ulrich Zbinden, einen im Schweizer Buchhandel als ungemein kenntnisreich ausgewiesenen Mann, der inzwischen beim Walter-Verlag gekündigt und mir offeriert hatte, künftig Luchterhand in der Schweiz zu vertreten. Das war natürlich fabelhaft. Der in der Schweiz wenig bekannte Luchterhand Verlag wurde repräsentiert durch den früheren Walter-Vertreter, der schon damals ein sehr vertrauter und mitdenkender Kollege gewesen war. Der Vertrieb funktionierte innerhalb von zwei Monaten. Es kam Karl-Heinz Giese von Kiepenheuer & Witsch als Gestalter hinzu, später meine Sekretärin vom Walter-Verlag, mit dem wohlklingenden Namen Gabriella von Scarpatetti. Eine junge, gescheite Frau, mit der ich schon kurz nach meinem Start in Neuwied das Diktat sozusagen fortsetzen konnte, dort, wo wir vorher durch Eingriffe von oben unterbrochen worden waren. Sie war ein Lichtblick in den verdunkelten, heiligen Hallen dieses architektonisch schrecklichen Gebäudes. Es stammte aus der sogenannten Nachkriegsgründerzeit. Reifferscheid, der damals in Berlin lebte, hatte von der Stadt Neuwied kostenlos ein grösseres Grundstück zur Verfügung gestellt bekommen. Dort hatte er den Verlag, der ursprünglich ein Berliner Verlag war, zusammen mit dem alten Luchterhand ausgebaut. Mir war klar: Was da vor mir lag, würde nur zu schaffen sein mit einer kompetenten, professionell ausgewiesenen Mannschaft, die natürlich auch aus Frauen bestand.

Welche Autoren und Autorinnen gehören zu diesem Zeitpunkt zum Luchterhand Verlag? Was ist der „Fundus"?

Es gab einerseits die lebenden deutschsprachigen Autoren, allen voran Günter Grass. Und dann, in freier Folge, Lyriker wie den hermetischen Ernst Meister, Helga M. Novak, Rolf Haufs u.a.m. Ein bekannter Autor aus Berlin war Robert Wolfgang Schnell: Schauspieler, Maler, Dichter, Hörspielsprecher. Er war ein Industriellensohn aus Wuppertal, der in Berlin bekennender Proletarier geworden war, mehr noch, Stalinist, und ein grosser Trinker vor dem Herrn. Ein Mann, der ein grosses Herz hatte und mit dem man vortrefflich streiten konnte. Reifferscheid hatte für diesen Typus eine ausgesprochene Schwäche. Immer, wenn Schnell auftauchte, war etwas los, da wurde gesoffen und gelästert. Er war ungeheuer anregend, auch politisch wusste er einiges. Da hab ich neue Welten entdeckt und ihn darum auch gern in Berlin besucht.

Damit habe ich natürlich noch lange nicht alle Autoren aufgezählt, die ich bei Luchterhand vorgefunden habe. Jedenfalls waren die Genannten ein Erbe, das ich als Verpflichtung gern angenommen habe.

Es gab andererseits einige grosse Werkausgaben des Luchterhand Verlags, die zum Teil gerade erst unter Vertrag genommen worden waren. Abenteuerliche Dinge. Etwa eine schliesslich bis auf zwölf Bände gediehene, gegen meinen härtesten Widerstand edierte Ausgabe der Werke von Carl Sternheim. Der grosse Nachteil war, dass die Bühnenrechte, die mit Sicherheit einen Marktwert gehabt hätten, mit dieser Werkausgabe nicht verbunden waren. Es war also eine reine Druckedition, ökonomisch nur durch Mäzenatentum realisierbar.

Daneben entstand eine Ausgabe von William Butler Yeats, dem grossen irischen Dichter. Es gab, um mit halsbrecherischen Editionen fortzufahren, jene von Ludwig Rohner, einem Germanisten aus St. Gallen, der nicht weniger als vier gewaltige Bände im Grossformat vorlegte: *Der deutsche Essay,* Prosa aus zwei Jahrhunderten. Unverkäuflich. Alles wunderbare Dinge – und dennoch: Mir war völlig schleierhaft, wie das mit meinem Budget noch irgendwie zu finanzieren wäre. Beispielsweise eine Ausgabe von Asturias, dem guatemaltekischen Autor, und eine wunderschöne, in Planung befindliche Neruda-Ausgabe, gesammelte Lyrik. Hinzu kamen zwei Bände des DDR-Lyrikers Erich Arendt, der ein begnadeter Übersetzer war. Aus Frankreich Georges Bataille, kühn, schockierend: kaum verkäuflich, wie sich dann aus den Zahlen ablesen liess. Es gab Julio Cortázar mit zwei Titeln, und neben ihm waren noch zwei der grossartigen, zum phantastischen Bereich der Literatur zählenden Lateinamerikaner. Von Eugène Ionesco lagen vier Bände mit

Theaterstücken vor – allerdings hatten wir auch da nur die Buchrechte. Dann die wichtige Anna-Seghers-Werkausgabe, damals auf vier Bände gediehen.

Kurz: Ich stand vor der Frage, wo und wie sich das limitieren liess. Zwar sagte Reifferscheid gerne: Was soll's, das kann ich über die Steuern abschreiben. Wir machen ja grosse Gewinne im juristischen Fachverlag! Dieser Teil war sozusagen das Mutterschiff des Ganzen: ungefähr 200 bis 240 Mitarbeiter und Mitarbeiterinnen waren dort tätig; im literarischen und soziologischen Teil hingegen etwa 30. Obgleich also diese schöne „Ummutterung" bestand – sparen Sie nicht, sagte Reifferscheid immer –, war ich gewitzt genug zu wissen, dass irgendwann die Ökonomie über das ganze Experiment entscheiden würde. Das ist nun mal so in kapitalistischen Verhältnissen, und in anderen wahrscheinlich auch. Ich habe also gespart. Den abenteuerlichen Werbeetat, der fast so hoch war wie der gesamte Umsatz, nämlich 500'000 Mark, habe ich sofort auf die Hälfte gestrichen. Ich hielt diese ganzseitigen Anzeigen für Lyrikbände in Tageszeitungen für rausgeworfenes Geld. Ich habe geknausert und versucht, Überflüssiges abzuzwacken – schweizerisch sparsam. Das beeindruckte Reifferscheid im Grunde schon. Ich versuchte vor allem auch immer wieder, diese „Altlasten", die grossen Gesamtausgaben, in der Bilanz eines Jahres jeweils auszuklammern und dafür gewissermassen eine Sonderrechnung zu machen. Ich hatte auch ausgehandelt, dass die von mir eingebrachten und die künftigen Autoren unter „Edition Otto F. Walter bei Luchterhand" firmieren würden. Das funktionierte am Anfang auch, aber Reifferscheid wurde es bald peinlich. Wohl darum, weil diese Edition von

Anfang an in den schwarzen Zahlen war, schon nach dem ersten Jahr, wenn auch knapp – während diese schweren und schwer verkäuflichen Ausgaben ungeheure Beträge im Minus produzierten.

Solche Kürzungen gingen wohl nicht konfliktfrei vor sich.

Nein, keineswegs. Ich muss gestehen, dass ich zumeist den kürzeren zog. Immerhin gab es auch Herausgeber, mit denen diskutiert werden konnte, aber die Sternheim-Ausgabe wuchs und wuchs.

Lag da ein Vertrag vor?

Ja. Ein Herr Landau und zwei Herausgeber in Berlin haben sich wie die Teufel gewehrt für ihre Sache – unerbittlich. Juristisch hatte ich keine Chance, und ausserdem wollte Reifferscheid diese Ausgaben machen. Für ihn waren das Meilensteine seines Wirkens, also finanzierte er sie.

Ich fand auch anderes vor, besonders schöne Sachen, etwa *Locus solus* von Raymond Roussel. Ein grossartiger, vereinfacht gesagt: phantastischer, surrealistischer Roman aus den zwanziger Jahren, den ich schon für den Walter-Verlag zu erwerben versucht hatte. Dass ich hingegen die Georges-Bataille-Ausgabe gestoppt habe – sie wurde nach zwei übersetzten Titeln nicht weitergeführt – ist ein Makel, mit dem ich leben muss.

Ein Verlag mit einem Riesenprogramm, mit einer ganzen Reihe von Editionen. Ein Verlag, der anscheinend noch viel Geld hat, allerdings nicht aus den primär literarischen Werken, und nun von Ihnen sozusagen bereits in einer Zeit der ökonomischen Blüte zurückgestutzt wird.

Zurückgestutzt – zugunsten neuer Gesichtspunkte, neuer Gewichte.

Ein grösseres Gewicht erhält die Gegenwartsliteratur deutscher Sprache.

Ja, das war der wichtigste Punkt für mich. Dieser Verlag sollte die deutschsprachige Gegenwart präsentieren und Forum sein für das, was Autoren in dieser Zeit sagen: was Literatur in dieser Zeit „meldet", auch über uns selber, was sie über die Gesellschaft und das Individuum aussagt. Dazu gehörte – und das war wohl neu im deutschen Verlagswesen –, dass ein Verlag von Anfang an auch auf die DDR-Literatur setzte.

Wie sind Sie auf die Idee gekommen, Autoren, Autorinnen aus der DDR anzufragen? Die waren ja eigentlich schon immer da – es war bisher nur niemand im Westen daran interessiert, sie zu publizieren. Wie wurde das plötzlich möglich? Die DDR war damals sozusagen Feindesland, und für die Bundesrepublik besonders. Es wäre wohl einfacher gewesen, von der Schweiz aus Kontakte zur DDR zu knüpfen.

Entscheidend war, dass Franz Schonauer bei Luchterhand bereits an einer grossen Anna-Seghers-Ausgabe arbeitete. Reifferscheid hatte, skeptisch zwar, diese Unternehmung

Hermann Luchterhand Verlag

Der Hermann Luchterhand Verlag entwickelte sich 1924 aus einem Steuerberatungsbüro, das Hermann Luchterhand und Alfred Klietsch in Berlin gegründet hatten. Erste Verlagserzeugnisse waren Steuerinformationen und Formblätter, das erste Loseblattwerk war ein „Handbuch für das Lohnbüro". 1934 trat Eduard Reifferscheid (geb. 1899) in den Verlag ein, zunächst als Prokurist, dann als alleiniger Verlagsleiter und Mitbesitzer. Der Verlag spezialisierte sich auf Loseblattwerke aus verschiedenen Rechtsgebieten, Kurzdarstellungen zum Wirtschaftsrecht und Monographien. Im Krieg wurden das Berliner Verlagshaus und die von Luchterhand erworbene Druckerei zerstört. Nach 1945 verlegte Luchterhand – inzwischen mit einer Filiale in Neuwied, die später Hauptsitz wurde – Nachschlagewerke zu verschiedenen Gebieten des Rechts, Steuertabellen und Werke zu Betriebswirtschaft und Pädagogik. 1955 begründete Reifferscheid, seit 1950 alleiniger geschäftsführender Gesellschafter des Verlags, die literarische Zeitschrift „Texte und Zeichen", die von Alfred Andersch bis 1957 herausgegeben wurde.

1954 begann die literarische Verlagsproduktion, mit Werken von Jens Rehn *(Nichts in Sicht)* und Yvan Goll, sowie (1956) dem Band *Die Vorzüge der Windhühner* von Günter Grass; bald danach kam eine sozialwissenschaftliche Abteilung hinzu (mit David Riesmanns *Die einsame Masse)*.

Anfangs Februar 1967 veröffentlichte Otto F. Walter die folgende Presseerklärung:

„Der Hermann Luchterhand Verlag, Neuwied und Berlin, hat mir verlegerische Partnerschaft angeboten. Vom 1. März 1967 an werde ich als ständiger Vertreter von Eduard Reifferscheid, dem Verleger, Senior-Chef und Majoritätsinhaber, die Leitung des literarischen Verlags der Hermann Luchterhand Verlag GmbH übernehmen. Auch die Voraussetzung, dass ich zum Verlag kommende deutsch- und fremdsprachige Autoren in erweitertem Rahmen als ‚Edition Otto F. Walter' verantworten kann, ist damit gesichert."

Ab 1. Juli 1967 war Otto F. Walter Leiter des literarischen und wissenschaftlichen Verlags, vom 1. September 1969 bis zum 30. Juni 1973 Geschäftsführer und ab 1. Juli 1973 Herausgeber und Berater für das literarische Programm. Diese Tätigkeit beendete er 1982.

immer gestützt, vor allem, nachdem er mit der alten Anna Seghers persönlich bekannt geworden war. Allerdings hatte er scharf gewarnt vor den späten, parteipolitisch sehr gebundenen Romanen, die er nie in seinem Verlag sehen wollte. Als es am Ende um die Vollständigkeit der Ausgabe ging, sind sie dann doch hineingekommen.

In der Berliner Dependance des Luchterhand Verlags war von Anfang an Elisabeth Borchers tätig. Sie wurde nun beauftragt, sich als Lektorin um DDR-Literatur zu kümmern. Ein zweites kam hinzu: Ein Verlagsvertreter des Luchterhand Verlags hatte Verwandte in mehreren Städten der DDR. Er bekam von dort immer wieder neue Bücher, und er brachte mir *Nachdenken über Christa T.* von Christa Wolf. Ich las das Buch und war sofort dafür, es zu veröffentlichen. Elisabeth Borchers sprach mit dem Verlagsleiter des Mitteldeutschen Verlags, und wir schlossen einen Lizenzvertrag ab mit dem merkwürdigen Passus, wonach sich der Luchterhand Verlag auf eine Auflage von 4000 Exemplaren beschränken und diese in der DDR drukken lassen musste. Diese Exemplare waren verkauft, ehe ein Erfolg überhaupt sichtbar werden konnte. Was tun? Ich schickte kurzerhand ein Telegramm an den Minister für Kultur, Klaus Gysi, des Inhalts: „Der Absatz ist reissend, ich drucke sofort 4000 Exemplare nach, mit der Vollmacht meines Herzens. Ich bitte Sie um formelle Genehmigung."

Und wir verkauften diese auch wieder innerhalb von zehn Tagen. Ich telefonierte, und in der DDR druckten sie wiederum eine Auflage nach, ich denke: 10'000 Exemplare. Wir druckten ebenfalls nach, und das Buch wurde, zumindest für die Verhältnisse von Luchterhand, ein grosser Verkaufserfolg. Damit war die Auseinandersetzung mit der DDR-Literatur im Verlag nicht ein ideologischer Spleen, sondern ökonomisch abgesichert.

Um bei der Aufzählung zu bleiben: Es stiess Hermann Kant als Autor zum Verlag, trotz wesentlicher politischer Bedenken. Seine, sagen wir mal, allzu diplomatische Weise, in der er als Schriftstellerverbandspräsident versuchte, an der Liberalisierungsschraube der DDR zu drehen, wurde ihm im Westen ziemlich übelgenommen. Ihm, einem Menschen mit ausgesprochen harter, notfalls auch frecher Schnauze. Mit der *Aula* war er im Westen bereits bekannt geworden, dann kamen der Roman *Das Impressum* und die *Südseegeschichten.* Es sind mindestens drei oder vier erzählende Werke von Hermann Kant erschienen, mit dem ich mich recht gut verstand.

Ich lernte ausserdem den damaligen Chef des Aufbau-Verlags kennen, Fritz Vogt. Ein freundlicher, zurückhaltender Mann, dauernd observiert von irgendwelchen schrecklichen Parteileuten.

Jurek Becker wäre noch zu erwähnen.

Ja, natürlich. Über Elisabeth Borchers kam Jurek Becker mit seinem Roman *Jakob der Lügner.* Das Buch hat mir mächtig Eindruck gemacht. Und da wir damals gerade dabei waren, eine Taschenbuchreihe zu schaffen, die „Sammlung Luchterhand", setzten wir auf Platz eins dieser Reihe dieses wunderbare Buch. Es hatte denn auch eine entsprechend grosse Resonanz.

Etwas später kam dann, über Christa und Gerd Wolf, Maxie Wander mit *Guten Morgen, du Schöne* dazu. Als Irmtraud Morgner ins Programm aufgenommen wurde, war ich schon zurück in der Schweiz, aber weiterhin für einen Teil des Programms verantwortlich. Ich musste mich, gegen die Verlagsleitung, sehr für *Leben und Abenteuer der Trobadora Beatriz nach Zeugnissen ihrer Spielfrau Laura* einsetzen.

Fallen Ihnen noch weitere Autoren ein?

Franz Fühmann mit seiner Erzählung *Der Jongleur im Kino,* ein Buch, das bei der westdeutschen Kritik völlig durchgefallen ist. Wunderbar, aber nicht beachtet. Das hat mir heftige Beschimpfungen von seiten des Autors und auch seines Verlegers Hinstorf in Rostock eingetragen. Auf einer Diskussion in Leipzig haben wir uns dann allerdings verständigt.

Noch ein weiterer Name: Brigitte Reimann.

Ja. Ihr Roman *Franziska Linkerhand* war zumindest in der DDR schon seit Jahren bekannt. Das Buch erschien dann auch hier, im Westen, als ich im Verlag zuständig war.

Vieles muss auch unter dem Aspekt gesehen werden, dass Freund Siegfried Unseld, nie verlegen, die Elisabeth Borchers nach mehreren Versuchen zu Suhrkamp abgeworben hat. Dort musste sie sich auch mit DDR-Literatur befassen.

Und bei Suhrkamp tauchen dann die Namen alle nach und nach auf: Jurek Becker, Franz Fühmann ... Ich möchte gerne noch einmal an den Anfang Ihrer Luchterhand-Zeit zurückkehren. Das Herbst-Programm 1967 ist das erste, das Sie zu verantworten haben. Wer ist zum Beispiel aus dem Walter-Programm übernommen worden? Ich denke an Autoren, deren Werke bereits fertig vorlagen.

In einzelnen spannenden Fällen kam ja der Bruch mitten in die angelaufene Produktion. Die Verträge lagen vor, und die Übernahme in das Luchterhand-Programm war der Wille der Autoren, der beim Walter-Verlag immerhin respektiert wurde. In der Regel wurden sogar Rechte einzelner Autoren freigegeben – allerdings nicht der Erfolgstitel von Peter Bichsel *Eigentlich möchte Frau Blum den Milchmann kennenlernen.* Da hat der Walter Verlag einfach darauf beharrt.

Bereits gesetzt war ein Erzählungsband von Reinhard Baumgart, *Panzerkreuzer Potjomkin.* Ebenfalls unter Vertrag stand ein Band von Kurt Marti: *Rosa Loui,* ein in berndeutscher Umgangssprache geschriebener Lyrikband, der für die deutschen Kollegen im Verlag absolut unverständlich war. Ich stand vor der grossen Aufgabe, der Lektoratskonferenz allein schon mal sprachlich zu vermitteln, um was es in diesen Gedichten überhaupt geht. Ich habe also fleissig und zur allgemeinen Erheiterung sowohl das Schweizerdeutsche vorgelesen als auch übersetzt. Und allmählich haben sie begriffen, dass da eine Lyrik vorliegt, die deutlich Züge neuester, konkreter Poesie aufweist, die zudem hochgebildet ist und überhaupt nichts zu tun hat mit Heimatliteratur. Dennoch blieb das Ganze natürlich ein weisser Rabe im Programm, auch auf dem Markt. Die Buchhändler in der Bundesrepublik schlugen die Hände über dem Kopf zusammen: Was soll denn das? Und doch hatte das Buch durchschlagenden Erfolg, vor allem in der Schweiz, aber, und das war besonders erfreulich, auch in der Bundesrepublik. Ich denke, wir haben von den rund 20'000 Exemplaren – was für einen Lyrikband phänomenal ist – mindestens 7000 in der Bundesrepublik verkauft.

Ein weiteres Buch, das ich von Olten her nach Neuwied mitnahm, war *Silence* von John Cage. Den Vertrag mit der Wesleyan-Press, einem Universitätsverlag in Boston, konnte ich auf den Luchterhand Verlag übertragen. Das Buch war mir übrigens an der Buchmesse in einem Katalog, der mir zufällig in die Hand geraten war, aufgefallen. Ich erkundigte mich bei Heissenbüttel, er war der Spezialist für diese Texte, und er war sofort sehr dafür. Ernst Jandl konnte als Übersetzer gewonnen werden – eine ideale Kombination. *Silence* ist übrigens in einem Sonderformat, da zwei- bis dreispaltig, erschienen und bildete so etwas wie den Auftakt der Publikationen im Bereich der literarischen Avantgarde, der experimentellen, konkreten Literatur – das gehörte mit zum Konzept, das ich für Neuwied in der Tasche hatte. Ich wollte die Zusammenarbeit mit Heissenbüttel fortsetzen, auch mit Ernst Jandl. Weiter mit Franz Mon, Claus Bremer, später Gerhard Rühm und auch Friederike Mayröcker – wobei letztere wohl in anderen Kategorien anzusiedeln ist. Eine wunderbare, nach wie vor unterschätzte Autorin, die mit ihrem Lebensgefährten Jandl ab und zu auch in Neuwied war.

Damit sind wir bei den Österreichern. Michael Scharang wurde von Heissenbüttel und mir in einem Luchterhand-Druck ediert, einer Fortsetzung der „Walter-Drucke“. Ein weiterer Name: Helmut Zenker, ein damals junger Autor, der vor allem als Hörspielautor viel von sich reden machte. Scharang muss ich darum erwähnen, weil ich mit ihm immer wieder ungemein spannende Diskussionen hatte, etwa über die Frage, wie weit die Form selber Inhalte ausdrückt. Das waren Gespräche über das Handwerk, über die Arbeit an der Sprache, in der Sprache. Walter Benjamin spielte dabei eine grosse Rolle. Scharang hat auch einen grösseren Aufsatz über Benjamin bei Luchterhand publiziert. Er schlug dann einen merkwürdigen Weg ein, zu einem, nennen wir es mal „realistischen" oder „proletarischen" Schreiben. Ich denke an den Roman *Charly Traktor.* Scharang vertrat ein direktes, hartes Engagement, war mit der KP Österreichs verbunden und plädierte für Literatur, die sich einmischt – bei allem Kunstverständnis, das er mitbrachte. Ich bedaure sehr, den Kontakt mit ihm verloren zu haben.

Um zurückzukommen auf Autoren, die 1967 von Olten nach Neuwied wechseln: 1967 erscheint von Peter Bichsel der Roman Die Jahreszeiten. *1965 hatte er in der „Gruppe 47" daraus vorgelesen und den Preis der Gruppe bekommen.*

Ein Buch, das – im Unterschied zu den *Milchmann*-Geschichten – das Erzählen auf komplexe Weise reflektiert. Von jenen Grosskritikern, die Bichsel bejubelt hatten als Autor einer Literatur à la „Kleiner Mann, was nun", wurde das Buch im Durchschnitt eher schlecht, ohne Verständnis besprochen. Für den Autor war das auch darum eine Enttäuschung, weil er vorher ein interessantes Angebot erhalten hatte. Siegfried Unseld hatte mich noch vor meinem Wegzug nach Neuwied in Aarau angerufen und mir erstens mal Glück gewünscht bei der Suche nach einem neuen Verlagspartner – und mich gleichzeitig um Erlaubnis gebeten, einige der bisherigen Walter-Autoren besuchen zu dürfen und ihnen ein Angebot dazulassen, für den Fall, dass ich verlegerisch keinen Fuss mehr auf den Boden kriegen sollte. Ich hab siegesgewiss und grinsend gesagt: Nur zu, lieber Unseld. Er war in Solothurn und hat Peter Bichsel immerhin 60'000 Mark, damals ein „Heidengeld", offeriert, wenn er zu Suhrkamp stossen würde. Und Bichsel hat, nicht lange überlegend, gesagt, er bleibe jetzt bei mir, er werde zu Luchterhand wechseln – obwohl zu diesem Zeitpunkt noch vieles unklar war. Jedenfalls konnte ich ihm mit Genehmigung des knausrigen, in solchen Fragen völlig vernagelten Reifferscheid dann karge 12'000 Mark Vorschuss bieten. Um so mehr freute ich mich, dass er bei seinem Wort blieb. Ähnliches passierte auch mit anderen Autoren.

Hier wäre einzuflechten: Ein prominenter Autor macht nicht mit. Das ist Alfred Andersch.

Alfred Andersch hatte gegenüber der Geschäftsleitung von Walter dafür garantiert, dass die Autoren beim Verlag blieben. Dem war nun nicht mehr so. „In einer Ruine kann ich doch nicht bleiben!" sagte er. Am Zustand des Verlags war er nicht ganz unschuldig, bei allen Verdiensten um das frühe Programm, aber nun ging er zum Diogenes Verlag.

Von Diogenes kam übrigens Heiner Stolz zu uns. Ein hervorragender, junger Verlagsfachmann, bei Diogenes vor allem für Werbung und Pressearbeit zuständig. Er war mit Andersch befreundet; ich glaube, wegen ihm ist Andersch zu Diogenes gegangen. Heiner Stolz übernahm dann die entsprechende Abteilung bei Luchterhand. Ich plante ausserdem den Aufbau eines Theater-Verlags, der mit Theaterrechten auch im Hinblick auf Fernsehen usw. umgehen sollte. Für den Aufbau einer solchen Abteilung kam Mario Hindermann, Dramaturg, früher am Schauspielhaus, danach bei Radio Zürich, für einige Zeit nach Neuwied. So hat sich allmählich eine kleine Schweizer Kolonie gebildet.

Der Luchterhand Verlag war unter anderem spezialisiert auf Soziologie.

Ja, das soziologische Programm war hoch geachtet und höchst substanzreich. Es war von Frank Benseler kompetent aufgebaut worden, zusammen mit mehreren Herausgebergruppen, die die einzelnen Reihen betreuten, streng an der Kandare von Reifferscheid, der, mit Recht übrigens, eine linke Unterwanderung des Programms befürchtete. Es war wohl auch nicht ganz frei von gelegentlich linientreuen Publikationen. Aber sonst war es wirklich ein wunderbares Programm, das vielseitig war und durch Prominenz wie Norbert Elias, Herbert Marcuse, Jürgen Habermas oder Theodor W. Adorno herausragte.

Vertreten war auch die undogmatische Linke. Ich denke an Autoren wie Wolfgang Abendroth, Leo Löwenthal, Lucien Goldmann, Leo Kofler, Alfred Sohn-Rethel.

Ja, es gab aber auch die „Kämpfer“ aus der APO, der „Ausserparlamentarischen Opposition“ der Studentenbewegung, etwa die Brüder Wolff, die einen Band herausgaben. Das war eigentlich eine sehr schöne Sache, nur, erstens verstand ich nichts davon, ich war weitgehend ein Laie. Ich hatte mich seinerzeit gefreut, dass beim Walter-Verlag Hans Dieter Müller Soziologie kenntnisreich ins Programm gebracht und betreut hatte. Zweitens fand ich von Anfang an keinen Zugang zu Frank Benseler, diesem brillanten Spürhund und Organisator wichtiger soziologischer Projekte. Für mich war das jeweils ein unendlicher Redeschwall, der sich über mich ergoss. Nun, wie auch immer: Bereits in den ersten drei Wochen eröffnete mir Reifferscheid, dass nun auch der literarische Flügel, nach dem Weggang von Peter Frank, wieder einen Cheflektor haben müsse. Er habe beschlossen – er „beschloss“ das ja jeweils –, die beiden Bereiche zusammenzulegen unter meiner Leitung und Benseler als Cheflektor für beide Bereiche einzusetzen. Zu allem Unglück kam dazu, dass er das Benseler bereits versprochen hatte, bevor ich eingetroffen war. Ich widersetzte mich: Das ist eine ganz schlechte Lösung. Ich kann unmöglich Benseler, diesen Typus des wissenschaftlichen Vermittlers mit einem ungeheuer eingleisigen Literaturverständnis, auf meine schwierigen, verletzlichen Literaten loslassen – das ist absolut undenkbar. Ich kann mir einen Bichsel, einen Heissenbüttel und auch einen Grass im Grunde nicht vorstellen in Zusammenarbeit mit ihm als Cheflektor. Ich verzichte auf ein Cheflektorat, ich mach das mit den Lektoren gemeinsam. Das wurde ein monatelanges Tauziehen. Reifferscheid fiel der Kiefer herunter, weil ich einfach nein sagte, das war ihm in seinem Leben wohl noch nie passiert. Ich blieb bei meiner Weigerung, ahnend, dass ich damit den guten, auch treu gedienten Cheflektor des soziologischen Programms aufs Allertiefste beleidigte, denn das wäre die Krönung seiner Laufbahn gewesen.

Das Ganze wurde nicht einfacher dadurch, dass Frank Benseler mir gegenüber immer betonte, dass das für ihn kein Problem sei und er keine zusätzlichen Lasten tragen wolle. Ich sah aber schon die Messer blitzen, die mir in naher oder ferner Zukunft wohl im Rücken stecken würden.

Gut, ich kannte als Verlagsfachmann das Kalkulieren. Und ich konnte mir ein Bild machen durch Gutachten von Universitätskoryphäen – es mussten immer zwei sein, damit ich die Sache von zwei Seiten her anschauen konnte. Hinzu kamen meine eigenen Bemühungen um Lektüre, vieles war für mich fast unlesbar. Hier zeigte sich natürlich, dass ich eine eher autodidaktische Art intellektueller Entwicklung genommen hatte. Diese Terminologien gingen mir gegen den Strich.

Ich übernahm dann am 1. Juli 1967 die Leitung, das heisst die Verantwortung, auch für das recht grosse und teure soziologische Programm. Das natürlich auch schwere Granitbrocken im Keller hatte …

War da die Georg-Lukács-Ausgabe schon im Gange?

Ja, sehr verdienstvoll von Frank Benseler ediert: Benseler war der von Lukács schriftlich autorisierte Herausgeber der deutschsprachigen Gesamtausgabe.

Wir sollten noch einen weiteren Schwerpunkt im Programm ansprechen: Lukács bietet eine gute Überleitung zur vorhin erwähnten Sowjetliteratur.

Folgendes: Durch einen unglaublichen Zufall bin ich bereits im ersten Jahr auf die Rechte von Michail Bulgakow gestossen. In der Folge kamen noch zahlreiche russische und sowjetische Autoren und Werke ins Programm. Wenjamin Kawerin zum Beispiel. Es gab ein wunderbares Buch von Platonow, *Unterwegs nach Tschewengur,* ein ungeheuer phantastischer, absurder Roman aus der Revolutionszeit. Dann wäre Juri Trifonow zu nennen. Und wichtig wurde natürlich die Affäre mit Alexander Solschenizyn, das ist eine Geschichte für sich. Das wäre grob skizziert die Ausgangslage. Natürlich wären auch noch andere Titel zu erwähnen, nicht zuletzt aus dem Luchterhand-Fundus.

Die Veränderung an der Verlagsspitze bringt ja, wie ich vermute, auch Veränderungen bei der Auswahl der Texte mit sich. Welche Auswahlkriterien legten Sie Ihrer Arbeit mit Texten zugrunde? Ich nehme an, dass sich die Menge der Manuskripte auf Ihrem Schreibtisch doch drastisch vergrössert hat.

Ja – zunächst auf dem Schreibtisch der Lektoren, und dann landete vieles eben bei mir. Ich sah jeden Morgen in der Post, was einging, und schrieb vielleicht dazu „interessiert mich". Aber die Vorauswahl oder Ablehnung war Sache der Lektoren, diese Kompetenz lag bei ihnen. Ich konnte natürlich nicht von einem stringenten Katalog von Auswahlkriterien ausgehen, aber ich hatte meine Vorlieben. Beispielsweise für ein Schreiben, das die Sprache ernst nimmt, das in der Sprache ebenso stattfindet wie inhaltlich; ein Schreiben, das sich ganz deutlich auch in den schwierigen Textübungen der Konkreten damals manifestierte. Heissenbüttel, Mon nenne ich als Prominente in diesem Bereich.

Es gab zudem eine Reihe von Autoren, die diesem innovativen Schreiben nahestanden, aber auch mit der Tradition verbunden waren. Autoren, die das Schreiben erzählend reflektierten und Schreibweisen ausprobierten. Da sind dann Kurt Marti, Peter Bichsel, später Franz Hohler zu nennen, und unbedingt Jörg Steiner.

Ein drittes Feld war der eigentliche Zeit- oder Gegenwartsroman von literarischem Anspruch, wie ihn Grass auf singuläre Weise mit einer barocken Art verkörperte. Und hierher gehört Christa Wolf genau so wie Peter Härtling, um nur wenige Beispiele zu nennen.

Sie beginnen Ihre Arbeit im Luchterhand Verlag im Jahre 1967, in einem Jahr, das in Deutschland geprägt ist von einem grossen gesellschaftlichen Aufbruch, zunächst aber von einer enormen politischen Unruhe. Um einige Stichwörter zu geben: 1967 beginnen die sogenannten Studentenunruhen, Schah-Besuch in Berlin, der Tod von Benno Ohnesorg am 2. Juni, im Parlament in Bonn werden die Notstandsgesetze verabschiedet, die SPD und die CDU bilden die Grosse Koalition usf. – alles Vorgänge, die natürlich nicht ohne Wirkungen sind auf das Verlagsprogramm. Umgekehrt hat das Verlagsprogramm einen Teil dazu beigetragen.

Das Klima und die Situation an den Universitäten, die Auseinandersetzung mit der professoralen Autorität, die

Überprüfung von überkommenen Zöpfen und Autoritäten in der Gesellschaft – das alles faszinierte und befremdete mich zugleich. Die Härte dieses Prozesses, die Beschimpfungen und auch die Radikalität, mit welcher eine lange und ehrwürdige bürgerliche Kulturvorstellung abserviert wurde, das widersprach eigentlich meinem Wesen. Und so war ich in einer merkwürdigen, ambivalenten Haltung. Denn neugierig machte mich das schon. Ich erinnere mich, wie ich mit Helga Novak zusammen in Frankfurt auf eine grosse Demo geriet, am Schluss dann voll in die Hagel der Wasserwerfer und in die Peitschenhiebe der berittenen Polizei, die uns durch die Gassen trieben. Wir suchten im Café Laubscher an der Grossen Eschenheimer Strasse Zuflucht, wurden aber vom Wirt wieder rausgeworfen. Helga Novak hat mir ganz einfach und für mein Hirn zugänglich erklärt, was eigentlich zur Debatte stand: dass es letzten Endes um die Geschlechterfrage gehe, was mir sehr schnell einleuchtete. Es war manchmal komisch, noch kaum trocken von Wasserwerfern am Morgen wieder im Verlag an der Spitze einer Hierarchie zu stehen und sich rumzuschlagen mit dem ungeheuren Druck, der von seiten des soziologischen Programms kam – dessen Lektoren glaubten, fast jede aktuelle Streitschrift verlegen zu müssen. Ich war im Grunde nicht daran interessiert, den Verlag zum Kampfverlag des SDS, des Sozialistischen Deutschen Studentenbundes, zu machen, und stand in dieser Hinsicht voll auf die Bremse.

Immerhin organisierten wir, es war wohl Benselers Initiative, eine Grossveranstaltung in einem Saal in Frankfurt, wo Jürgen Habermas, Bernd Rabehl, K.D. Wolff, Daniel Cohn-

Bendit usw. auftraten und sehr Fraktur geredet wurde, wenn man diesen altmodischen Ausdruck darauf noch anwenden will. Eine kämpferische und verdienstvolle Veranstaltung des Verlags, der dieser Bewegung ein Forum zur Verfügung stellte. Es war auch nicht selten, dass anlässlich von Razzien in Frankfurt Gesuchte wie die Brüder Wolff beispielsweise in Neuwied Unterschlupf fanden. Wir konnten ihnen einfache Lektoratsarbeiten technischer Art geben wie Register und Ähnliches schneidern, damit sie wenigstens ihren Unterhalt verdienten. Im Verlag liefen dauernd Debatten. Es gab Tage, an denen kaum gearbeitet, sondern nur diskutiert wurde. So arbeitete ich mich ganz schnell in die Thematik ein. Allmählich konnte ich mir gewisse Vorstellungen und Kriterien bilden. Skeptisch, aber zusehends interessiert. Ich fand auch, dass unser Verlag mit seiner progressiven Soziologie diese Bewegungen in der Gesellschaft publizistisch spiegeln musste. Das hat ja alles zunächst sehr gut geklappt.

Wurde der Verlag auch angefeindet?

Ja, durchaus. Gerade in einigen bürgerlichen Blättern. Es gab natürlich auch intern Unruhe, im juristischen Teil des Verlags. Die Juristen waren auf die Abonnements ihrer Fortsetzungswerke angewiesen, es gab Tausende von Abonnenten, die sich aus dem gesamten Establishment der Juristerei in Deutschland rekrutierten – und die natürlich fragten, was denn bei uns los sei.

Interessant war die Haltung von Reifferscheid. Ich erinnere mich an das erste oder zweite Gespräch, bei dem ich sinngemäss sagte, so ein bisschen Brandstifter zu sein, fände ich, gehöre schon zur Verlegerei heute. Ich ahnte nicht, welche Möglichkeiten zur Brandstiftung noch auf uns zukommen sollten …

Fanden nicht zur gleichen Zeit die Brandstifterprozesse gegen Andreas Baader, Horst Mahler u.a. statt?

Es gab den wegen des Warenhausbrandes in Frankfurt verurteilten Thorwald Proll, von dem wir Schriften publizierten, in denen das Ganze begründet und dargestellt wurde. Natürlich ein harter Grenzfall, auch juristisch gesehen.

Ich erinnere mich auch an endlose nächtliche Telefonate mit den Kommunen 1 und 2 in Berlin. Mit Fritz Teufel hatte ich nichts zu tun, aber mit Rainer Langhans. Der hat mich immer wieder angerufen und Projekte über die Kommune und ihre Vorstellungen vorgeschlagen. Das sind zwei Beispiele für die Rolle, die den Verlag auszeichnete.

Und immer wieder die harten Gespräche mit Reifferscheid, der fragte: Muss denn das sein? Er zog sich allerdings mehr und mehr von den Geschäften zurück und betonte immer wieder, er selber sei ja kein Verleger, er sei hier eher der Reeder: Ich bin der Geschäftsmann, ich bin der Kapitalist mit der Zigarre, ich ermögliche das. Da nahm er nie irgendwo Deckung, wie er überhaupt sehr streitlustig war und alle Streitlustigen mochte, alle, die ihm widersprachen.

Ich hatte oft die Möglichkeit, mit ihm lange Gespräche zu führen, da er mich häufig einlud zu irgendwelchen Fahrten. Immer mit seinem Fahrer und dem weissen Thunderbird, irgendwo in der Gegend rum. In die Eiffel, in irgendeine schöne Mühle, wo es guten Wein und gutes Essen gab. Oder wir fuhren an die Mosel, den Rhein runter oder rauf, zu dritt, mit dem Fahrer. Er philosophierte bei solchen Gelegenheiten gern vor sich hin. Ich versuchte ihn jedesmal auf irgendein Projekt zu bringen; ihm etwas „unterzujubeln" wäre falsch ausgedrückt, aber ich versuchte zu begründen, warum ich das oder das für sinnvoll hielt.

Am Anfang, im ersten Jahr, wollte er noch für jedes Projekt einen schriftlichen Kurzbericht mit Kalkulation und Auflageerwartung. Das ging fast immer reibungslos, ich erinnere mich kaum an einen wirklichen Einspruch. Bei Wolf Biermann später hat er aus mir unerklärlichen Gründen völlig gesperrt, weil er ihn für einen Polemiker hielt. Dass diese Polemik sich gegen den Stalinismus wandte, interessierte ihn gar nicht. Gleichzeitig befürchtete er die Gefährdung unserer gesamten Ostkontakte.

Wenn ein Autor zu uns kam, informierte ich vorher Reifferscheid, der die meisten sehen wollte. Grass selbstverständlich immer, aber auch Herburger: Den möchte ich kennenlernen, von dem hab ich gestern abend eine Erzählung gelesen, das ist ein blutvoller, kraftvoller Erzähler. „Kraftvoll" war das Höchste, was er zu vergeben hatte. Oder er sagte: Ein anämischer, feingliedriger Stubenhocker, das schmeckt mir nicht. Das waren seine Kriterien.

Gleichzeitig war es aber auch möglich, ihm Jean Ziegler und sein Buch *Die Schweiz über jeden Verdacht erhaben* zu „verkaufen", was ja eine Kampfschrift ist. Gut, es betraf die Schweiz, da mochte auch die Schadenfreude ein bisschen mitwirken. Aber das mit dem „Brandstifter", das tauchte immer wieder mal bei ihm auf.

Zusammen mit Reifferscheid haben Sie auch einen Besuch gemacht bei Grass –

Oh, ja. Denkwürdig, wie übrigens alle Fahrten mit Reifferscheid. Oft war, auch mit Fahrer, Frau Reifferscheid im zweiten Wagen dahinter, und manchmal noch Frank Benseler im dritten Wagen oder Fritz Berger, der administrative Chef des Hauses.

Reifferscheid hing sehr an Berlin. Solange wir dort die Dependance hatten, mussten wir jeden Monat für etwa drei Tage hinfahren. Ich lernte dabei die Stadt, auch Ostberlin, gut kennen.

Die erste Reise dorthin war eine ganz besondere Reise, denn wir besuchten den grossen Autor Günter Grass. Ich kannte ihn zwar schon, aber nicht gut, und schon gar nicht in geschäftlicher Hinsicht. Unterwegs reichte mir Reifferscheid einen Brief von Grass und sagte: Das besprechen Sie dann bitte mit Herrn Grass. Lesen Sie mal, ich will gar nichts hören, nur Ergebnisse. Er gab mir keinerlei Instruktionen. Es war natürlich eine der typischen Reifferscheidschen Prüfungssituationen, in denen er mich voll ins Feuer laufen liess. Denn er wusste, was ich nicht wusste: dass Grass seinen Generalvertrag mit dem Verlag grundlegend ändern wollte. Als ein Autor, der, wie er immer betonte, vom Kolonialwarengeschäft seiner Mutter einiges gelernt hatte und seinen Wert kannte. Er war da nicht zimperlich.

Grass fühlte sich eingesperrt in einen Vertrag, den er vermutlich ganz früh schon geschlossen hatte.

Ja: bevor die *Blechtrommel* erschien, 1959, das heisst also aufgrund der *Vorzüge der Windhühner,* des Gedichtbands – der ja dann übrigens fast zu einem juristischen Krach zwischen Autor und Verlag geführt hat. Nach seiner Lesung aus der *Blechtrommel* bei der „Gruppe 47", 1958 in Grossholzleute, hatte Grass nämlich einen Riesenerfolg bei den Kritikern, und zahlreiche Verleger machten ihm reizvolle Angebote. Reifferscheid pochte auf den Optionsvertrag und wollte den Roman machen. Im Einhalten von Verträgen war er ungeheuer fair, aber einmal geschlossene Verträge aufzuheben oder zu ändern, war fast unmöglich. Grass hatte, wenn er sich mit prominenten Kollegen verglich, das Gefühl, nicht sehr privilegiert zu sein. Was andere zum Beispiel an Zweitrechten erhielten, also von Buchclubs, von Film-, Hörspiel-, Übersetzungsrechten etc., war deutlich mehr, als ihm aufgrund seines Vertrages zustand. Ich hatte natürlich die Verträge im Hinterkopf, die mit Autoren üblich sind, und war vergleichsweise stur, als ich mit ihm verhandelte.

Reifferscheid wünschte viel Vergnügen und begab sich auf eine Wanderung durch Berlin – während Grass und ich uns gegenübersassen. Wir feilschten um jeden Punkt wie zwei Pferdehändler, die dem Gaul ins Maul schauten und hart arbeiteten. Etwa bei Punkt sieben ist Grass aufgestanden und hat gesagt: Ich hab die Schnauze voll von Ihnen. Sie – ein Autor! Von Ihnen hätte ich nun wirklich mehr Verständnis für die Lage der Autoren erwartet. Ich lebe eigentlich vom Weltruhm und von meiner graphisch-zeichnerischen, bildnerischen Arbeit, aber nicht von meinen Büchern. Das war hart. Aber für mich war's auch ein Test.

Mir war klar, wenn ich die Schleusen öffnete, würde kein Halten mehr sein. Es spräche sich herum, dass der Grass viel bessere Bedingungen hat als die anderen Autoren. Die Ausbeute, die Grass in bezug auf Vertragsverbesserungen nach Hause trug, war, glaube ich, äusserst gering.

In einem Punkt haben Sie ihm also immerhin nachgegeben ?

Ja, in irgendeinem drittrangigen Punkt. Und ich habe auch ein paar Vorschläge gemacht.

Wie hat sich das auf Ihre Beziehung ausgewirkt?

Ich kann das nicht genau beurteilen. Ich glaube, dass ich für Grass immer ein Partner geblieben bin. Er neigte ja dazu, sich gewissermassen überall Angestellte zu schaffen. Kollegen gegenüber war er jedoch höchst solidarisch. Ich denke, er musste mich als Gegenüber ernst nehmen, was dann für mich bei Reifferscheid ein Pluspunkt war.

Grass hat für das Programm von Luchterhand immer wieder Vorschläge gemacht, Verbindungen hergestellt …

… wobei natürlich auch Werke darunter waren, die eher der Bewusstseinsbildung in der SPD gedient haben als unbedingt dem Verlag. Er war ja damals mehr und mehr befreundet mit Willy Brandt, für den er auch ganz direkt Arbeit leistete. Er war tätig als Wahlkämpfer mit ungeheurem Energieaufwand und Einsatz, ich finde das noch heute bewundernswert.

Unter anderem hat er Reden geschrieben, in denen Willy Brandt sein schönes R so richtig rollen konnte.

Selbstverständlich erschienen auch Grass' Reden und Aufsätze, und das alles mit grossem Vergnügen auch von meiner Seite. Kritik übte er wohl vor allem an den konkreten Autoren im Programm des Verlags. Heissenbüttel und er waren, sagen wir mal, nicht besonders Vertraute. Aber ich konnte mich mit ihm beraten, wenn ich Sorgen, wenn ich Probleme hatte. Ich begleitete ihn auf einer seiner Wahlreisen. An der Uraufführung von *Die Plebejer proben den Aufstand* in Berlin nahm ich teil sowie an etlichen Feierlichkeiten, die zum Teil vom Verlag zu seinen Ehren gegeben wurden.

Kommen wir noch einmal auf Ihr erstes Programm bei Luchterhand zurück.

Einige Titel des Herbstprogramms von 1967 haben wir schon genannt. Im bunten Gemisch fanden sich angestammte Luchterhand-Projekte und -Autoren neben neuen: Wolfdietrich Schnurre mit *Was ich für mein Leben gern tue,* Franz Mon hatte ein Lesebuch herausgegeben, Reinhard Lettau gab ein Handbuch zur „Gruppe 47" heraus, Kurt Marti *Rosa Loui,* von Helmut Heissenbüttel kam *Textbuch 6,* in gleicher Ausstattung wie beim Walter-Verlag, das haben wir stur weitergezogen. Aber es erschienen auch von Adam Müller *Kritisch-ästhetische und philosophische Schriften* – zwei Bände, zusammen mindestens 1400 Seiten, verkaufen Sie das mal. Wenn solche Brocken das Geld wegfrassen, waren meine Pläne gefährdet. Diese dauernde, schreckliche Klemme zwischen finanziell Möglichem – oder dem, was man für möglich hält – und dem Angestrebten. Phantastisch ist ja auch, wie sehr immer wieder ungeheure Irrtümer möglich sind. Es können Bücher, von denen man – vom Markt her – nichts erwartet, plötzlich Erfolge werden. Umgekehrt können andere zum Reinfall werden.

Wie war die Resonanz?

Sehr gut. In der Presse hatten wir einen Vorschuss-Goodwill, nachdem man mit Argusaugen nach Neuwied geschielt hatte: Was bringt der mit seinem Haufen wohl auf die Beine in so ungeheuer kurzer Zeit, zwischen Mitte März und Mitte August?

In verschiedenen Städten fanden, jeweils vorbereitet durch unsere lokalen Vertreter, Abendveranstaltungen für die Presse und den Buchhandel statt. An diesen Veranstaltungen lasen immer etwa drei Autoren, ich lieferte ein kurzes Statement ab, und dann sassen wir gemütlich beisammen, mit einem kleinen Imbiss, aber nie mit grossen Banketten. Wir waren eine Art „Kesslertruppe", die durch die Welt zog und ihre Künste vorführte. Die Autoren bekamen ein Goldvreneli als Ehrensold. Das haben alle tapfer, zum Teil auch mit Freude akzeptiert.

In Zürich waren wir sehr erfolgreich, was das Programm schlagartig in alle Feuilletons, ins Fernsehen, in die Rundfunkredaktionen brachte. Dabei muss ich gestehen, dass ich nicht frei war von Schadenfreude, was den Walter-Verlag – vor allem in der Schweiz – anging. Ich muss sogar noch weiter gehen: Ich hatte Rachegefühle. Die fahre ich aus dem Markt, sagte ich mir, die werden, was Literatur anbelangt, weg sein, da wird kein Gras mehr wachsen. Das macht man mit mir nur einmal! Das ist natürlich Unsinn, auch kulturpolitisch. Aber der Schweizer Buchhandel und die Medien haben gewissermassen die Aufmerksamkeit und die Sympathien von Olten nach Neuwied verlegt.

Gab es, wenn wir jetzt wieder beim Walter-Verlag sind, Autoren, die, beeindruckt durch den Erfolg, nachträglich noch zu Luchterhand gestossen sind?

Da muss ich vielleicht zur internen Struktur bei Luchterhand nochmals was sagen. Ich merkte bald, dass ich das Lektorat auf Dauer nicht einfach überfahren konnte mit Autoren, die ich ins Programm „reinpowerte". Ich will es nicht zu kategorisch sagen, aber ich hielt mich im Grunde genommen an eine – fast könnte man sagen: private – Abmachung zwischen dem Lektorat und mir, da man Angst hatte, ich würde das Programm mit Schweizer Autoren überschwemmen.

Die Vereinbarung lautete, dass jedes Manuskript eines Autors, ob er nun durch mich komme oder nicht, in jedem Fall mit genügend Zeit vom Lektor studiert werden kann; dass ich – wenn irgend möglich – kein Werk selber lektoriere, und dass jedes Werk von einem der vorhandenen Lektoren betreut werden muss. Das hiess für mich: Wenn ich für einen Autor oder ein Projekt keinen Lektor fand, hatte ich fast keine Chance. Mit Ausnahme der gleich zu Beginn mitgebrachten Autoren hatte ich eigentlich keine

Möglichkeit, Projekte gegen den Willen aller Lektoren durchzusetzen.

Das hat sich zum Beispiel ausgewirkt im Fall von Ludwig Hohl. Ich war – im Bewusstsein, dass das ein äusserst schwieriger Brocken war – der Meinung, dass wir die Werke von Hohl in einer freien Werkausgabe über die Jahre hinweg herausgeben sollten. Insbesondere die *Notizen* hätten da hineingehört, in zwei Bänden. Aber dafür konnte ich keinen Lektor, keine Lektorin gewinnen, und es wäre mir arbeitsökonomisch nicht möglich gewesen, das selbst zu machen. Und so musste ich dann nach langem Hin und Her, auch nachdem Heissenbüttel sich noch einmal dafür eingesetzt hatte, dieses Projekt bleiben lassen.

Was geschah mit Autoren, die noch im Walter-Verlag publiziert hatten, aber beim Wechsel zu Luchterhand nicht gleich ein Buch vorlegen konnten? Bichsel hatte gerade seinen Roman beendet. Was war zum Beispiel mit Jörg Steiner?

Nun, fast alle Walter-Autoren hatten sich jener gemeinsamen Autorenerklärung angeschlossen und mir ein fertiggestelltes Manuskript als erstem angeboten. Ich habe es aber immer abgelehnt, Optionen in den jeweiligen Vertrag zu nehmen, durch welche der Autor an den Verlag gebunden wurde. Ich war der Überzeugung, dass diese schwierige – bildlich gesprochen – Ehe entweder funktioniert oder eben nicht mehr. Und dass sie am ehesten funktioniert, wenn sie auf gegenseitiger Freiwilligkeit beruht. Das Werk ist ja das Persönlichste, was ein Autor jemandem geschäftlich anvertrauen kann. Ich habe diese Überzeugung gegen Reifferscheid, der mit der Optionsklausel bei Grass wirklich einen Triumph gefeiert hatte, durchgesetzt. Das hat im grossen und ganzen auch funktioniert. Ich erinnere mich an wenige Verbindungen, die nach dem ersten Buch in die Brüche gegangen sind.

Autor und Verlag finden nicht immer leicht zueinander. Besonders kompliziert wurde es für Sie, als Sie die Möglichkeit erhielten, das Werk von Alexander Solschenizyn zu betreuen, die Romane Die Krebsstation *und* August Vierzehn. *Wie sind Sie zu diesen Manuskripten gekommen? Ich erinnere mich vage, dass es damals eine enorme Sensation war, dass ein Autor aus der Sowjetunion in dieser Form im Westen präsentiert wurde.*

Als erstes Buch erschien *Die Krebsstation.* Am Anfang stand ein Auftrag an Elisabeth Markstein, Slawistin aus Wien, Mitglied der Kommunistischen Partei. Sie war als Dolmetscherin für den sowjetischen Autor Axionow in die Schweiz gekommen. Axionow war ein jüngerer sowjetischer Autor, und für ihn konnte ich im Haus eines befreundeten Arztes einen kleinen Empfang organisieren. Ich lud einige Schweizer Autoren ein, Jörg Steiner, Peter Bichsel und andere sowie Frau Markstein. Mit beiden, mit Markstein und Axionow, führte ich sehr gute, offene Gespräche. An Frau Markstein erinnerte ich mich bei Luchterhand und machte mit ihr aus, dass sie im Auftrag und auf Kosten des Verlags nach Moskau fahren und Solschenizyn Folgendes übermitteln sollte: dass ein Urheberrechtsanwalt im Westen ein Konzept ausgearbeitet habe, das seine Werke im Westen vor dem Piraterie-wesen bewahren könne.

Was waren die juristischen Probleme, die da für Solschenizyn gelöst wurden?

Es gab für alle sowjetischen Autoren das Problem, dass sie ihre Werke nicht schützen konnten. Man konnte übersetzen, was immer man wollte, denn die Sowjetunion hatte das Welturheberrechtsabkommen von 1952 nicht unterzeichnet, und insofern war es ziemlich abenteuerlich, die Werke von Solschenizyn nun doch schützen zu wollen. Jedenfalls: Von Frau Markstein hörte ich nichts mehr. Nach ein paar Monaten, die sie zum Teil in Moskau verbracht hatte, von wo sie auch mehrmals Solschenizyn in seiner Datscha besucht hatte, meldete sie sich aus Zürich und teilte mir mit, der Anwalt Fritz Heeb, Mitglied der schweizerischen Sozialdemokratischen Partei, habe die Weltrechte übertragen bekommen – von Alexander Solschenizyn persönlich. Bereits war die Pressemitteilung erschienen. Sie galt als Weltsensation, und Heeb ertrank beinahe in der Flut von Anfragen. Auch wir bei Luchterhand waren völlig überfordert. Ich besuchte Heeb in Lugano, da zeigte er mir die Vollmacht. Er kenne Frau Markstein, und zu seiner Überraschung sei ihm dieses Mandat übertragen worden. Er sagte mir, Luchterhand könne sich wie jeder andere Verlag bewerben. Er müsse die für Solschenizyn beste verlegerische Möglichkeit suchen. Beste heisse auch rentabelste. Solschenizyn selber habe nichts von dem Geld, er wolle, dass ein Fonds geäufnet und das Geld für christliche Zwecke verwendet werde. Da versuche er, Heeb, sehr fair darüber zu wachen, dass alles korrekt ablaufe. Sämtliche deutschen Verlage bewarben sich bei Heeb, zum Teil mit ungeheuerlichen Summen.

War Solschenizyn denn damals schon so berühmt?

Gerade in jener Zeit war er fast täglich in den Schlagzeilen als Kämpfer gegen den Stalinismus, wenn auch nicht direkt gegen den Kommunismus. Dass da christliche Standpunkte in der Argumentation durchschlugen, war unüberhörbar. Auch ich habe mich, für Luchterhand, um die Rechte beworben – mit einer vergleichsweise kleinen Summe. Reifferscheid war nicht bereit, mit einem grossen Betrag einzusteigen; er war überaus skeptisch, was die Sache anging. Diese skeptische Haltung hatte ich gleichsam im Rücken, als ich Fritz Heeb besuchte. Ich warnte ihn vor jenen Angeboten, die nur mit grossen Summen lockten. Schliesslich konnte ich ihn von meinem Angebot überzeugen, und ich sagte ihm auch, dass die *Krebsstation* ganz schnell erscheinen müsse. Das Werk wurde bereits übersetzt, das russische Originalmanuskript war auf dem Markt, das konnte man sich irgendwo bei dubiosen Händlern besorgen – wobei man sehr vorsichtig sein musste: was ist da noch original, was ist von irgendwem zusammengepfuscht worden? Ich holte Gutachten ein, etwa zwanzig an der Zahl, dann gab ich drei Übersetzerinnen gleichzeitig den Auftrag zu übersetzen. Ich habe das Werk dreigeteilt, damit es schnell übersetzt werden konnte, „auf Tempo Teufel", innerhalb von drei Monaten. Zudem besuchte ich Heinrich Böll, von dem ich wusste, dass er der einzige westliche Intellektuelle war, der in den Augen von Solschenizyn glaubwürdig war. Ihn bat ich um ein Nachwort, er sagte sofort zu.

Das Werk erschien in zwei Bänden. Auf diese Weise

konnte ich schneller auf dem Markt sein, mit dem ersten Band im Sommer 1968, der zweite Band kam einige Monate später. So schnell konnte sonst niemand sein, und dennoch war es eine sorgfältige, mehrfach am Original kontrollierte Übersetzung, von vielen Spezialisten überprüft, auch etwa von Felix Philipp Ingold.

In der Zwischenzeit kam wieder ein Werk von Solschenizyn nach Westeuropa, nach Zürich, und nur Heeb und Markstein hatten eine Kopie davon: *August Vierzehn.* Und wieder hatten sie die Weltrechte. Da brockte ich dem kleinen Luchterhand Verlag was ein. Bei meinem ersten Besuch im Tessin hatte ich Heeb beim Weggehen noch gesagt: Mit diesen Weltrechten haben Sie sich was eingehandelt! Da werden Sie noch einiges erleben! Ich hatte ihm gesagt, ich könne ihm ein erstklassiges Büro zur Verfügung stellen und für einen sachgerechten Umgang mit den Rechten garantieren.

Heeb, zu meinem Erstaunen, hatte inzwischen Vertrauen in mich gefasst und sagte, als ich ihn wegen *August Vierzehn* besuchte, ich könne die Weltrechte sofort haben. So kam ich sehr vergnügt nach Hause. Reifferscheid war skeptisch: Na, ob das wohl gut geht, also ich weiss nicht, Walter, das ist ein Abenteuer! Mein Kopf, hiess das, wäre gerollt, wenn etwas schief gegangen wäre.

Aber diesmal hatten wir Zeit. Rund 600 Seiten umfasste dieser Roman, und wir mussten uns nicht beeilen und konnten das Werk in Ruhe übersetzen lassen. Im Verlag war es Elisabeth Borchers, die sich um Solschenizyn kümmerte. Jetzt ging es um den Verkauf der Lizenzrechte: Welcher Verlag in welchem Land soll zu welchem Preis den Roman bekommen? Dabei ging es zunächst um Vorauszahlungen, etwas, was amerikanische Buchagenten in Europa eingeführt haben und was immer mehr um sich greift.

Einfach war der Verkauf der Lizenzen nicht. Probleme gab es zum Beispiel mit Frankreich. Mit Gaston Gallimard war ich freundschaftlich verbunden, ich war selber Autor bei Gallimard – und er wollte den Roman von Solschenizyn unbedingt bringen, ich lehnte ab. Bekommen hat ihn schliesslich der Verleger Paul Flamand von den Editions du Seuil. Ich sass einige Tage fest einquartiert in Frankfurt, im „Frankfurter Hof“: Wenn schon noble Geschäfte, sagte ich mir, dann in nobler Umgebung, eine Hegnersche Devise – und liess mich besuchen. Jede halbe Stunde ungefähr trat ein anderer herein, jedesmal mit Freundschaftsbezeugungen der schönsten Art, mit grössten Versprechungen. Wir schlossen Vertrag um Vertrag, es war abenteuerlich. Der Rubel rollte, es gab kein Halten.

Ich wusste, der Roman *August Vierzehn* kann in Ruhe übersetzt werden. Eines Abends, ich wollte eben nach Hause gehen, kam mir Gerhard Rebmann entgegen und sagte: Otto, der Piratdruck von *August Vierzehn* ist auf dem Markt! Bei Nacht und Nebel war er ausgeliefert worden, die Buchhändler hatten nichts davon gewusst – jedem Buchhändler wurden je nach Umsatzgrösse zwischen fünf und zwanzig Exemplare zugeteilt, jeweils so viele, wie er zuvor von Joachim Fernaus Buch *Cäsar lässt grüssen* bestellt hatte – dazu eine Rechnung. Die Startauflage betrug, wie sich später herausstellte, 100'000 Exemplare. Ich rief sofort Fritz Heeb an und veranstaltete drei Tage später eine Pressekonferenz im „Frankfurter Hof“. Zur Pressekonferenz kam der Rechtsanwalt Ferdinand Sieger, der Spezialist für Fragen des Urheberrechts in Deutschland, ein ungemein agiler Jurist, der schon vorher für uns die nötigen Gutachten besorgt hatte, und hielt ein glanzvolles Referat über die Rechtslage. Den Verlag, der das Urheberrecht verletzt hatte, Langen Müller in München, konnten wir mit einer einstweiligen Verfügung bremsen, und gegen Herbert Fleissner, den Inhaber des Verlages, wurde eine Klage eingereicht. Fleissner entblödete sich übrigens nicht, unmittelbar nach unserer Pressekonferenz im Raum nebenan eine eigene Pressekonferenz zu geben – eine lächerliche Veranstaltung.

Der Prozess – Ferdinand Sieger bezifferte den Schaden auf 1,5 Millionen – ging drei bis vier Jahre und gelangte bis vor das Deutsche Bundesverfassungsgericht in Karlsruhe. Wir bekamen in allen Punkten Recht. Fleissner wurde, was milde war, zu 700'000 Mark Busse verurteilt – die ihm Reifferscheid unglaublicherweise erlassen hat. Aber da war ich schon nicht mehr im Verlag.

Da waren Sie wieder in der Schweiz und nur noch für einen Teil des Programms verantwortlich.

Ich wollte wieder schreiben. Und nur noch schreiben.

Anmerkungen zu den Autorinnen und Autoren

Alfred Andersch (1914–1980)
Geboren in München. 1933 im KZ Dachau als kommunistischer Jugendleiter inhaftiert, verliess die KPD. Soldat, 1944/45 Kriegsgefangener in den USA. Nach 1945 Redaktionsassistent von Erich Kästner im Feuilleton der „Neuen Zeitung". Zusammen mit Hans Werner Richter Herausgeber der Zeitschrift „Der Ruf". 1955 bis 1957 gab Andersch im Luchterhand Verlag die Zeitschrift „Texte und Zeichen" heraus. Arbeit am Rundfunk. Ab 1958 lebte Andersch in Berzona, im Onsernonetal. Im Walter-Verlag sind erschienen: *Piazza San Gaetano, Sansibar oder der letzte Grund, Geister und Leute, Wanderungen im Norden, Aus einem römischen Winter* u.a. Andersch war schon sehr früh ein wichtiger Berater Otto F. Walters. Er verfasste Gutachten, machte Vorschläge, vermittelte Kontakte, etwa zu Elio Vittorini. Auch bei der Konzeption der „Walter-Drucke" war er anfänglich beteiligt, er war auch bereit, als Mitherausgeber zu fungieren. Differenzen im Zusammenhang mit dem Programm der „Walter-Drucke" hatten seinen Rückzug zur Folge (gegenüber den Texten von Bichsel und Hohl etwa hatte er Vorbehalte). Auseinandersetzungen um den Roman *Die Rote* führten schliesslich zum Zerwürfnis zwischen Andersch und Walter. Nach Walters Ausscheiden aus dem Walter-Verlag, Anfang 1967, trat Andersch in den Diogenes Verlag ein.

Hans Carl Artmann (geb. 1921)
Geboren in Wien. Zusammenarbeit mit Konrad Bayer, Gerhard Rühm, Friedrich Achleitner und Oswald Wiener in der sog. „Wiener Gruppe". Zahlreiche Reisen, wechselnde Wohnorte. Artmann debütierte 1958 mit dem Mundartband *med ana schwoazzn dintn.* Im Walter-Verlag erschien 1964, in den „Walter-Drucken", *das suchen nach dem gestrigen tag oder schnee auf einem heissen brotwecken* sowie 1966 *verbarium,* mit einem Nachwort von Peter Bichsel. Bei Luchterhand erschien 1969 *die fahrt zur insel nantucket,* ein Band mit Theaterstücken.

Reinhard Baumgart (geb. 1929)
Lebt als Autor in München und ist Professor für Germanistik in Berlin. Von 1955 bis 1962 Lektor im Piper Verlag. 1961 veröffentlichte Baumgart im Walter-Verlag den Roman *Der Löwengarten,* 1962 den Roman

Hausmusik. Ein deutsches Familienalbum. 1967 ging Baumgart mit Walter zu Luchterhand, wo im Herbst desselben Jahres der noch für den Walter-Verlag geplante Erzählungsband *Panzerkreuzer Potjomkin* erschien. Bei Luchterhand erschienen ausserdem seine Frankfurter Vorlesungen und ein Band mit Essays, *Die verdrängte Phantasie.*

Konrad Bayer (1932–1964)
Geboren in Wien. Erste Texte entstehen im Zusammenhang der sog. „Wiener Gruppe", der auch Artmann, Rühm und Wiener angehören. 1965 erscheint postum, als „Walter-Druck", der Montageroman *Der Kopf des Vitus Bering.* Bayer hatte schon die Zusage Heinrich Maria Ledig-Rowohlts, den Roman *der sechste sinn,* für den sich auch Otto F. Walter interessierte, zu publizieren, als er sich im Oktober 1964 das Leben nahm. Johannes Bobrowski hat Ledig-Rowohlts Interesse an Bayer in einem Epigramm persifliert: Herr Ledig/ Er kann das tun, er schmeisst sich aufs Kreuz, wenn er will, und er räuspert / sich wie er will und's ihm passt: hat er doch eben entdeckt, / wieder mal einen, der dichtet und den siebzig andere kaufen / wollen, er hat ihn gekriegt: wieder 'nen Joyce – und aus Wien.

Peter Bichsel (geb. 1935)
Geboren in Luzern, lebt in Bellach. 1964 debütierte Bichsel im Walter-Verlag mit dem Band *Eigentlich möchte Frau Blum den Milchmann kennenlernen.* Der „Walter-Druck" erregte schnell Aufsehen. Der Roman *Die Jahreszeiten,* für den Bichsel 1965 den Preis der „Gruppe 47" erhalten hatte, erschien im Herbst 1967 im Luchterhand Verlag, im ersten Programm, das Otto F. Walter verantwortete. Im Luchterhand Verlag erschienen in der Folge auch die weiteren Werke von Bichsel, *Kindergeschichten, Geschichten zur falschen Zeit, Der Leser. Das Erzählen, Der Busant* u.a.m.

Johannes Bobrowski (1917–1965)
Geboren in Tilsit. Von 1950 bis 1965 lebte Bobrowski als Verlagslektor in Ost-Berlin. Um seinen Roman *Levins Mühle* entspann sich 1963/64 ein regelrechtes Wettrennen: Für den Roman interessierten sich neben der Deutschen Verlags-Anstalt, die schon frühere Arbeiten Bobrowskis veröffentlicht hatte, auch der Fischer Verlag und Klaus Wagenbach (der eben als Lektor Fischer verlassen hatte und dabei war, einen eigenen Verlag zu gründen) sowie Otto F. Walter, der Bobrowski in Ost-Berlin besucht

hatte. Der Roman erschien schliesslich in einer Lizenzausgabe bei Fischer (1964).

Paul Celan (1920–1970)
Geboren in Czernowitz (Bukowina), lebte von 1948 bis zu seinem Tod 1970 als Lyriker, Übersetzer und Dozent in Paris. Mit Otto F. Walter stand Celan schon seit 1958 in Kontakt. Walter hatte sich für Celans Übersetzung des Romans *L'espace d'une nuit* von Jean Cayrol interessiert; die Übersetzung des 1954 erschienenen Romans lag seit 1956 vor, zur beabsichtigten Publikation im Heidelberger F.H. Kerle Verlag war es jedoch nicht gekommen – Walter übernahm die deutsche Fassung und veröffentlichte sie 1961. Nach der Publikation blieben Walter und Celan in losem Kontakt; 1965, als sich Celan vom Fischer Verlag löste, signalisierte Walter Interesse an einer Zusammenarbeit mit dem inzwischen sehr renommierten Lyriker.
In den Jahren 1965 und 1966 war der Kontakt intensiv, Walter bemühte sich darum, Celan für den Walter-Verlag zu gewinnen, und wurde darin von verschiedenen Seiten unterstützt, darunter auch von Werner Weber, dem Feuilletonchef der „Neuen Zürcher Zeitung", der mit Celan befreundet war. Walter schlug Celan die Publikation eines Bandes mit wichtigen Übersetzungen aus dem Russischen und aus dem Französischen vor, *Translationen* hätte der Band heissen sollen, sowie einen Gedichtband in den „Walter-Drucken". Am 1. Dezember 1966 (kurz bevor Walter gekündigt wurde) schrieb Celan eine Absage an Walter, er hatte sich für den Suhrkamp Verlag entschieden.

Peter Faecke (geb. 1940)
Geboren in Grunwald/Schlesien, Studium der Romanistik und Germanistik. Seit 1965 Redakteur für Kultur und Wissenschaft beim WDR. Beim Walter-Verlag erschienen 1963 der Roman *Der Brandstifter* und 1965 der Roman *Der rote Milan.* Bei Luchterhand veröffentlichte er 1969, gemeinsam mit Wolf Vostell, den *Postversand-Roman.*

Günter Grass (geb. 1927)
Geboren in Danzig, lebt in Lübeck. Studium der Bildhauerei in Düsseldorf und Berlin. Ab 1956 freier Schriftsteller. Während Walters Tätigkeit bei Luchterhand erschienen von Grass: *Ausgefragt* (1967), *Über das Selbstverständliche* (1968) *Örtlich betäubt* (1969), *Theaterspiele* (1970), *Gesammelte Gedichte* (1971), *Aus dem Tagebuch einer Schnecke* (1972) u.a.m.

Helmut Heissenbüttel (1921–1996)
Geboren bei Wilhelmshaven. 1955 bis 1957 Lektor bei Claassen, 1959 bis 1981 Leiter der Redaktion „Radio-Essays" beim Süddeutschen Rundfunk in Stuttgart. Seither freier Schriftsteller in Borsfleht. 1969 Georg-Büchner-Preis. Bei Walter erschienen: *Textbuch I* bis *Textbuch V* und *Über Literatur. Aufsätze und Frankfurter Vorlesungen.* Bei Luchterhand: *Projekt Nr. 1. D'Alemberts Ende., Zur Tradition der Moderne, Projekt Nr. 2. Das Durchhauen des Kohlhaupts. Dreizehn Lehrgedichte* u.a. Gemeinsam mit Otto F. Walter gab Heissenbüttel die „Walter-Drucke" heraus, danach, bei Luchterhand, gaben Walter und Heissenbüttel die „Luchterhand-Drucke" heraus.

Ludwig Hohl (1904–1980)
Geboren in Netstal (Kanton Glarus). Lebte von 1937 bis zu seinem Tod in Genf. Hohl hatte, als Otto F. Walter in den „Walter-Drucken" 1964 den Band *Nuancen und Details* (mit einem Nachwort von Helmut Heissenbüttel) publizierte, bereits sein legendäres Werk *Die Notizen oder Von der unvoreiligen Versöhnung* veröffentlicht, sowie Gedichte und Erzählungen. 1967, nach Otto F. Walters Weggang, erschien im Walter-Verlag noch die Sammlung *Dass fast alles anders ist.* Hohl ist auch ein Essay von Otto F. Walter gewidmet, *Wenn ich Ludwig Hohl lese,* der 1969 erschienen ist.

Ernst Jandl (geb. 1925)
Geboren in Wien. Debütierte 1956 mit dem Gedichtband *Andere Augen.* Im Walter-Verlag, in der Reihe „Walter-Drucke", erschien 1966 der Band *Laut und Luise,* der den schon längere Zeit schwelenden Konflikt zwischen Otto F. Walter und der Geschäftsleitung des Verlages zusätzlich anheizte. Jandl folgte Walter nach dessen Entlassung und wurde Autor des Luchterhand Verlages, wo er auch nach Walters Weggang geblieben ist. Bei Luchterhand erschienen zahlreiche Gedichtbände, Hörspiele und theoretische Schriften: *sprechblasen* (1968), *der künstliche baum* (1970), *Fünf Mann Menschen* (gemeinsam mit Friederike Mayröcker, 1971), *dingfest* (1973), *ernst jandl für alle* (1974) u.a.m. Von Ernst Jandl stammt auch die Übersetzung eines der Lieblingsbücher von Otto F. Walter: *Silence,* von John Cage, 1969 bei Luchterhand erschienen. Um die Rechte an diesem Buch hatte sich Walter bereits in seiner Zeit in Olten bemüht.

Alexander Kluge (geb. 1932)
Geboren in Halberstadt. Ab 1959 Filmemacher und Autor, zeitweise Do-

zent an der Ulmer Hochschule für Gestaltung. Tätigkeit als Rechtsanwalt. Beim Walter-Verlag erschien 1964 der Roman *Schlachtbeschreibung*.

Kurt Marti (geb. 1921)
Geboren in Bern. War lange Jahre Pfarrer in Bern. Sein Band *Rosa Loui – vierzg gedicht ir bärner umgangsschprach* war noch für die Publikation im Walter-Verlag gedacht, erschien dann aber, nach Walters Kündigung, im Herbst 1967 bei Luchterhand. Ende September des Jahres war die erste Auflage des Bands bereits vergriffen. Marti veröffentlichte bei Luchterhand eine grosse Zahl von Bänden mit Lyrik, Prosa und Essays: *Leichenreden* (1969), *Abratzky oder Die kleine Brockhütte. Lexikon in einem Band* (1971), *Undereinisch – gedicht ir bärner umgangsschprach* (1973), *Die Riesin* (1975) u.a.m.

Klaus Nonnenmann (1922–1993)
Geboren in Pforzheim. 1941 bis 1945 Militärdienst, schwere Verwundung, Gefangenschaft. 1959 las Nonnenmann auf der Tagung der „Gruppe 47" in Elmau aus seinem ersten Roman *Die sieben Briefe des Doktor Wambach,* der noch im selben Jahr beim Walter-Verlag erschien. Später folgten noch *Vertraulicher Geschäftsbericht – Elf Geschichten und ein Spiel, Teddy Flesh oder die Belagerung von Sagunt* sowie *Schriftsteller der Gegenwart. Deutsche Literatur. Dreiundfünfzig Porträts.* Zu Beginn von Otto F. Walters verlegerischer Tätigkeit war Nonnenmann ein unermüdlicher Anreger, Berater und Lektor. 1977, da war Otto F. Walter bereits wieder in der Schweiz, erschien bei Luchterhand noch ein Erzählungsband, *Herbst.*

Klaus Roehler (geb. 1929)
Geboren in Königsee (Thüringen). *Triboll – Lebenslauf eines erstaunlichen Mannes,* gemeinsam mit Gisela Elsner verfasst, erschien 1956 und war das erste Buch, das Otto F. Walter als Verlagsmitarbeiter selber zu verantworten hatte. Später war Roehler als Lektor beim Luchterhand Verlag tätig, wo 1978 auch der Erzählungsband *Ein Blick in die Zukunft jetzt gleich, im Oktober* erschien. Gemeinsam mit Elisabeth Borchers und Günter Grass edierte er *Luchterhands Loseblatt Lyrik* (1966 ff.), zusammen mit Hans Magnus Enzensberger u.a. gab er 1972 das *Klassenbuch* heraus.

Wolfdietrich Schnurre (1920–1989)
Geboren in Frankfurt a.M. Lebte ab 1950 als freier Schriftsteller, zunächst in Berlin, später in Felde bei Kiel. Veröffentlichte bei Walter eine Reihe

von Erzählungsbänden und Essays, darunter *Eine Rechnung, die nicht aufgeht* (1958), *Das Los unserer Stadt. Eine Chronik* (1959), *Man sollte dagegen sein* (1960), *Berlin – Eine Stadt wird geteilt* (1962), *Die Aufzeichnungen des Pudels Ali* (1962, Neuauflage eines 1953 erschienenen Romans), *Schreibtisch unter freiem Himmel. Polemik und Bekenntnis* (1964), *Ohne Einsatz kein Spiel* (1964), *Die Erzählungen* (1966).

Jörg Steiner (geb. 1930)
Geboren in Biel, wo er auch heute noch lebt. Steiner debütierte 1957 mit Gedichten, *Episoden aus dem Rabenland,* und veröffentlichte 1962 beim Walter-Verlag seinen ersten Roman, *Strafarbeit.* Im Walter-Verlag erschienen noch *Der schwarze Kasten* (1965) und *Ein Messer für den ehrlichen Finder* (1966), Steiners zweiter Roman. Steiner folgte Walter zu Luchterhand, wo 1969 sein Erzählungsband *Auf dem Berge Sinai sitzt der Schneider Kikrikri* und 1971 *Schnee bis in die Niederungen* erschienen.

Wolfgang Weyrauch (1907–1980)
Geboren in Frankfurt a.M. Studium in Berlin, wo er seit 1933 als Journalist für die „Frankfurter Zeitung" und das „Berliner Tageblatt" sowie als Verlagslektor arbeitete. Literarisches Debüt 1929. 1940–45 Soldat; russische Kriegsgefangenschaft. Programmatiker der „Kahlschlagliteratur". Seit 1946 Redakteur des Berliner „Ulenspiegel", 1952–58 Lektor bei Rowohlt. Seit 1959 freier Schriftsteller, zuletzt in Darmstadt. Im Walter-Verlag erschienen: *Mein Schiff, das heisst Taifun* (1959), *Dialog mit dem Unsichtbaren* (Hörspiele, mit einem Nachwort von Martin Walser, 1962), *Etwas geschieht* (1966). Bei Luchterhand: *Geschichten zum Weiterschreiben* (1969), *Mit dem Kopf durch die Wand. Gedichte, Geschichten, Essays und ein Hörspiel* (1972) u.a.m.
Von Wolfgang Weyrauch stammt übrigens eine Hörspielfassung von Otto F. Walters Roman *Der Stumme* (1962 ausgestrahlt).

Gabriele Wohmann (geb. 1932)
Geboren in Darmstadt, wo sie auch heute noch lebt. Seit 1956 freie Schriftstellerin. Debütierte 1958 mit dem Band *Mit einem Messer.* Mit dem Roman *Abschied für länger* tritt sie 1965 in den Walter-Verlag ein, wo 1966 *Theater von innen. Protokoll einer Inszenierung* erscheint. 1968 erscheinen bei Luchterhand die Erzählungen *Ländliches Fest,* 1970 der Roman *Ernste Absicht,* 1971 *Selbstverteidigung. Prosa und anderes,* 1972 *Gegenangriff* u.a.m.

2. Teil

Erinnerungen, Fotos, Dokumente

Jörg Steiner

Erinnerung an einen Freund

Wir sitzen in einer Wohnküche, Türen und Fenster sind in die provenzalische Nacht hinaus geöffnet, Miles Davis spielt „Stella by starlight", und wenn er die Trompete absetzt, ist aus der Ferne ein Rauschen wie von Wasser zu hören. Eine Frau füllt einen Weinkrug, und wie sie jetzt den Krug auf den Tisch stellt und leichtfüssig und lautlos aus dem Bild verschwindet, ahne ich nicht, dass ich sie in diesem Augenblick für immer aus den Augen verloren habe.

Oder so: Wir sitzen an der Aare in einem solothurnischen Gasthof zum Mittagessen. Hoch über uns zwitschern Alpensegler. Auf dem Beistelltisch ertrinken in einem mit Sirup gefüllten Bierglas junge Wespen.

Es ist heiss, aber Otto F. Walter trägt einen Wollschal um den Hals und eine Decke auf den Knien. Peter Hamm empfiehlt ihm angelegentlich den Druck eines Manuskripts, gegen alle Bedenken, die die Verlagsleitung auch in diesem Fall anmelden wird, über den Titel könne man allerdings reden.

Klaus Nonnenmann (wie kommt er hier ins Bild, viel zu früh?) beugt sich vor und sagt, „Strafarbeit" sei kein schlechter Titel, da er doch die Sache, um die es gehe, genau bezeichne, und er, Nonnenmann, sei im Falle der Annahme des Manuskripts mein Lektor und ein ziemlich unerbittlicher Begleiter.

Ich selber halte es vorerst nur für angezeigt, den Anwesenden mitzuteilen, dass eine Sommergrippe gefährlicher sei als eine Wintergrippe. „Bitte schweigen Sie jetzt", sagt Nonnenmann, „sehen Sie nicht, dass unser Verleger essen möchte?"

Ich sehe es. Ich sehe die Bilder vorüberziehen. Ich sehe, wie sie sich verändern, in einer Bewegung, die wie durch ein Blatt, das in einen Waldbach fällt, ausgelöst wird, so, dass unter den sich ausbreitenden Ringen die Steine des Bachbetts deutlich werden, während in der Spiegelung auf der Oberfläche neue Bilder erscheinen, flüchtig und verletzlich und unwiederbringlich.

Anders erscheinen die Bilder, die nicht beim Schauen, sondern beim Zuhören und Reden entstanden sind: in Gesprächen über Autoren, über Literatur und Politik, über die Schwierigkeiten, den Beruf des Verlegers mit der eigenen Arbeit als Schriftsteller zu verbinden.

Dass auch über Hauptsachen wie nebenbei geredet werden müsse, stellte sich Otto F. gerne vor, und dass ihm das zu selten gelinge, sagte er, dieses dunkle Lachen, das er in einer Geschichte von Sherwood Anderson gefunden habe und liebe.

Ich denke daran, wie er „Ja, du – –" sagte, wenn er mit einem Einfall oder einer Frage einverstanden war, und wie er „Ja, du – –" sagte, wenn er begann, eine andere Meinung zu entwickeln, und für seine Ansicht, die sich erst beim Sprechen formte, schon mit dem ersten Wort um Verständnis (Zuneigung, Akzeptanz, Liebe?) warb, als könne er nicht glauben, dass ihm etwas einfach so geschenkt werde und ihm ohne jede Anstrengung in den Schoss falle.

Ich denke aber auch daran, wie unbeschwert und wie jung diese Stimme war bei der Beschreibung des Augenblicks, in dem die Speichen der Räder einer von Pistoleros verfolgten Postkutsche still zu stehen und sich dann rückwärts zu drehen schienen.

Nicht die Angst, jemanden anderen oder sich selbst mit Wörtern zu verletzen, nicht das Ringen um Erklärungen, nicht das Werben um Entgegenkommen, sondern sie, die gelöste und heitere Stimme des Otto F. Walter ist es, die ihn zu meinem Freund gemacht hat, bis heute.

(1997)

Kurt Marti

Der Verlagsleiter – aus der Perspektive eines seiner Autoren

Im Februar 1962 suchte ich Otto F. Walter in seinem Oltener Verlagsbüro auf. Von Literatur war jedoch nur nebenbei die Rede. Es ging um Politik. Am 1. April jenes Jahres musste das Schweizer (Männer-)Volk über eine Initiative entscheiden, die ein Atomwaffenverbot in der Bundesverfassung verankern wollte. Viele reformierte Pfarrer setzten sich für das Volksbegehren ein. Ich fasste den Auftrag, womöglich noch einige „Prominenz" zu mobilisieren. Ratsuchend wandte ich mich an Otto F. Walter, da ich annahm, als bereits renommierter Autor und Verleger verfüge er über einschlägige Beziehungen. Ausserdem war er Katholik (wichtig damals, weil die Initiative unter Katholiken kaum Unterstützung fand) sowie einer der ganz wenigen Offiziere, die sich bereits kritisch und öffentlich zu einer eventuellen Atombewaffnung der Schweizer Armee geäussert hatten. Meinerseits war also taktische Berechnung mit im Spiel.

Ich wurde nicht enttäuscht. Ohne Wenn und Aber war der brieflich Angefragte sogleich bereit, mitzumachen. Gemeinsam entwarfen wir den Text einer öffentlichen Stellungnahme, heckten eine kleine Liste von „Prominenten" aus und teilten die entsprechenden Anfragen unter uns auf. Unser knapp argumentierendes Manifest fand in der Folge immerhin die Unterstützung von zwei Nobelpreisträgern (Hermann Hesse, Leopold Ruzicka) sowie von Max Bill,

Walter Muschg, Friedrich Dürrenmatt und einigen anderen, unter ihnen der katholische Theologe Alois Müller. Von Max Frisch, den Otto F. Walter kontaktiert hatte, kam eine Absage, da er, trotz Zustimmung in der Sache, „den Glauben an die humanitär-politische Schweiz und an Manifeste" verloren habe.

Gefragt, ob er sich mit seiner Stellungnahme im konservativen väterlichen Verlag nicht vielleicht Schwierigkeiten schaffe, sagte Otto F. ungefähr (ich kann nur noch sinngemäss zitieren): Ich spiele mit offenen Karten, mag meine Überzeugung nicht verheimlichen.

Wie zu erwarten, wurde die Initiative abgelehnt, blieb längerfristig freilich nicht wirkungslos.

1966 war ich ein zweites Mal in Olten. Poetische Mundart-Versuche, da und dort in Zeitungen erschienen, waren Otto F. nicht entgangen. Er regte deren Sammlung an und war, als ich diese vorlegen konnte, davon sehr angetan. Ein Buchtitel hatte mir aber nicht einfallen wollen. Zusammen mit Urs Widmer, damals Walter-Lektor, dislozierten wir vom Verlag für ein Mittagessen ins nahe Restaurant, in eine dunkel-ruhige Gaststube. Beim schwarzen Kaffee wurden die Gedichtblätter auf dem Tisch ausgebreitet, um herauszufinden, welche Gedichtüberschrift sich als Buchtitel eignen könnte. Wer auf „rosa loui" kam, weiss ich nicht mehr, wohl aber, dass Otto F. sich alsbald und genussvoll mögliche und tatsächlich dann auch erfolgte Fehlassoziationen ausmalte, zum Beispiel „rosa" als Frauenname und „loui" als „Louis" gelesen.

Der Entlassung Otto F. Walters durch den Walter-Verlag ist es zuzuschreiben, dass *rosa loui* 1967 bei Luchterhand erschien. Bernische Mundartlyrik in einem deutschen Verlag? Mir kam das ziemlich absurd, mindestens aber riskant vor. Doch kurz schon nach seinem Rausschmiss hatte Otto F. erklärt, an *rosa loui* unbedingt festhalten und das Bändchen herausbringen zu wollen, wo auch immer (selbstverständlich hatte ich den Vertrag mit Olten umgehend gelöst). Und tatsächlich nahm er die Gedichte nach Neuwied mit und bat zudem Helmut Heissenbüttel um ein Nachwort, das deutschen Leserinnen und Lesern die Lektüre etwas erleichtern sollte. Verständlicherweise ist das Büchlein dann aber doch vornehmlich in die Schweiz verkauft worden. Eines der Gedichte gefiel sogar dem eidgenössischen Luftamt und wurde von diesem als Neujahrsgruss verschickt. Zufällig erfuhr Otto F. Walter davon und verlangte Honorierung. Das Luftamt jedoch erklärte, über keinen entsprechenden Kredit zu verfügen. Worauf Walter am 6. 3. 1968 ironisch replizierte: „Wenn das eidgenössische Luftamt sein Briefpapier drucken lässt oder wenn es eine Glühbirne bestellt für eine Bürolampe, so hat es einen Kredit und es hat eine Buchungsmöglichkeit. Schwieriger wird es bereits, wenn es sich um hübsche Vorhänge fürs Direktionszimmer handelt. Vermutlich sind Sie bereits in einem solchen Fall gezwungen, den Vorhanglieferanten um kostenlose Lieferung zu bitten.“ Dann aber grundsätzlich: „Schriftstellerische Arbeit unterscheidet sich in ihrem Verhältnis zum Markt von anderen Produktionsgütern nicht. Mir scheint, aus Ihrem Vorschlag um kostenlose Überlassung spricht ein Missverständnis. Ich will es nicht so deuten, als spiegelte es die Ansicht wider, Schriftsteller und deren Arbeit seien unnütz, hätten mit der Konsumrealität nichts zu tun, seien also vogelfrei." Schliesslich einigte man sich auf ein Natural- resp. Aviatikhonorar: Ich durfte, zusammen mit einem der Söhne, am Übungsflug eines bundeseigenen Helikopters teilnehmen, mit Zwischenlandung auf einer Jurahöhe zwecks „Zvieri" in einer Gartenwirtschaft. Dank Otto F. Walter bin ich zu meinem einzigen Helikopterflug gekommen.

Zwei Jahre danach legte ich dem Verlag rhetorische Texte vor mit dem Arbeitstitel „Leichenreden", den ich freilich nicht für markttauglich hielt. Wer würde seinen Bekannten denn schon „Leichenreden" auf den Weihnachtstisch legen und damit den Argwohn auf hintersinnige Perfidie riskieren wollen? Otto F. jedoch war vom Titel sofort begeistert und wischte meine Bedenken weg – wie sich herausstellen sollte, zu Recht: Das Büchlein ist gewissermassen zu meinem Bestseller geworden. Der Instinkt des Verlagsleiters war untrüglicher als der des Autors.

Ein neues Typoskript beurteilte Otto F. stets als ein Ganzes, ohne an Details herumzunörgeln. Er oder seine Lektoren begnügten sich mit nur wenigen, mir dafür um so einleuchtenderen Änderungsvorschlägen. Besonders ermutigend war, dass er unbeirrt zu seinem ursprünglichen Urteil stand, selbst dann, wenn ein Buch sich mehr schlecht als recht verkaufte (in meinem Fall etwa *Abratzky oder Die kleine Brockhütte, Die Riesin).* Ein Verleger, der auch für Ausgefallenes offen ist, beflügelt Kreativität und Experimentierlust eines Autors. Leider gibt es, unter der Knute des Marktes, immer weniger derartige Verlegerpersönlichkeiten.

Otto F. Walter hatte eine Vision von Literatur und von dem, was ein literarischer Verlag sein und leisten könnte.

Die unter seiner Leitung in Olten und bei Luchterhand realisierte Produktion vermitteln davon eine Vorstellung, ein Bild. Leider ein nostalgisches Bild. Nach dem Weggang von Otto F. setzten jeweils Nivellierung und Niedergang ein. Der Walter-Verlag ist nicht mehr, der Luchterhand Verlag nicht mehr, was er einst war. Es bleibt aber die Erinnerung an jeweils einige Jahre literarischer Blüte und Qualität, an einen Kreis von Autoren, den Otto F., mit vielen von ihnen freundschaftlich-kollegial verbunden, um sich zu sammeln verstand. Für mich ist er der begeisterungsfähige Erstleser, der sensible Kritiker, der ideale Verlagsleiter gewesen.

(1997)

Klaus Roehler

Similaun

Es sah so aus, als sei er nicht besonders gross. Er wuchs ein wenig insgeheim; schon die Verwandtschaft zweifelte daran. In Olten nämlich fliesst die Aare unverrückt, und das Gebirge ist der Massstab für den Höhenblick. Als Otto wusste er, was aufwärts durch den Glauben heisst. Er rührte sich, er nahm auch zu und druckte sich Triboll in schwarz. „In diesen Geschichten", schrieb er, „bricht das Absurde in eine wohlorganisierte Welt ein, deren Ordnungen durch eben diesen Einbruch fragwürdig sind."

Begeistert war er grade nicht. Er packte seine sieben Sachen ein, er hüllte sich in dickes Fell, trug auf dem Rücken einen Bogen, im Köcher helle Pfeile, an seinen Füssen Laufzeug gegen Stolpersteine, dann brach er von der Aare auf. Von oben sieht die Schweiz am besten aus. Der Bogen war aus Christenholz, die Sehne rational, links in der Tasche seines Umhangs fand ich viele Nüsse und einen Tropfen Schlehenwurz, der spritzig um die Ecke schmeckt. Hirschblattläuse, schwach mit ihm verwandt, nisteten im Wollfellrand.

Auf der Höhe, mindestens dreitausend Meter über dem bekannten Meer, stürzte mit dem Wetter gleich der Himmel ein. Denn die Zeit ist ein Es ist, unberechenbar wie nichts. Schwaden wirbelten ihm durch die Luft, und es stürmte, wie es in den Bergen üblich ist, donnerte und blitzte, aus dem Regen prasselte der Schnee, und die Sonne, leicht empfindlich wie sie ist, dunkelte im Untergrund und verschwand dem Höhenläufer aus dem Augenblick. Es gefror das Fell, seine Locken auch, klamm das Laufzeug zwischen Fels und Eis und die Nasenspitze, schneidend kalt sein Feuerstein. Steifer, als er je gewesen war, rauchte er vornüber noch einmal.

Kurz darauf, es ist nicht lange her, rührte ihn nichts mehr. Er erstarrte, wie es oben üblich ist; Schüttelfröste rückten ihn gemächlich durch die Endlichkeit. Auferstanden lag er auf dem Bauch: um die Wirbelsäule blutig dünne Linien in die Haut geritzt, links am Knie verblich ein Narbenstich. Die Pupillen waren unversehrt, selbst von Kratzern nicht berührt. Fast asketisch selbstlos schien sein Blick, irdisch abgerückt und vom Grenzpunkt der Erkenntnis wie von einem Apfelstück entzückt.

So betrachtete ich seine Lassenschaft, als der Fundort aufgetaut gewesen war. Alle Jahre zählen kann wer will. Das Gebirge ist ein kleiner Klacks im Nu, und wir wechseln in Gedanken schneller als gewöhnlich zu. Glatt vorbei ist hinter uns noch nichts. Keine Daten für Verfall stänkern oder hätten uns erwischt, Fertigwerden einfürallemal bleibt ein Ziehgewicht. Otto seh ich, wann ich will.

Ich betrachte auch ein Foto stumm, wie verwildert jemand wandelt und im Schlafen staunt. Dessen Alter stimmt mit meiner Suchzeit überein. Was uns sonst verbindet, ist die Unerreichbarkeit. Schon in Olten wird es so gewesen sein.

Dort, als wir das erste Mal und am selben Tisch zusammensassen, in der Bahnhofswirtschaft war es nicht, dachte ich, was hat denn der für einen Auswärtsdialekt, er dagegen hielt mein Mitteldeutsch irdisch leicht für einen Trick, literarisch durchgeflickt. Zentimeterweise war er nur so gross wie ich.

(1997)

1 – Otto F. Walter in seiner Zeit im Walter-Verlag

2a – Im Schwimmbad Olten: Jakob Hegner (rechts) im Gespräch mit (von l.n.r.) F.C. Bachem, Josef Rast und Otto F. Walter (Sommer 1954)

2b – Der Buchverlag des Walter-Verlags auf Betriebsausflug. Otto F. Walter: dritter von links. Rechts vor dem Wegzeichen: Josef Rast, Direktor des Verlags

3a – Mai 1960

3b – Giangiacomo Feltrinelli, Josef Rast, Otto F. Walter

4 – Im Walter-Verlag

5a – Otto F. Walter mit Helmut Heissenbüttel an der Buchmesse, in seiner Zeit im Luchterhand Verlag

5b – Günter Grass, Otto F. Walter, Helga M. Novak, Peter Bichsel, Reinhard Baumgart (von l.n.r.), Luchterhand Verlag

6 – Jurek Becker, rechts Otto F. Walter (November 1976)

7 – Peter Bichsel, Niklaus Meienberg, Otto F. Walter (anfangs der achtziger Jahre)

8 – Otto F. Walter mit Peter Härtling (November 1974)

9 – Im Luchterhand Verlag (anfangs der siebziger Jahre)

Dr. Hans-Magnus
enzensberger c/o suhrkamp 19 november 1960

lieber herr walter,

in den letzten tagen erst bin ich dazu gekommen, das babel-buch zu lesen. es wiegt allein so ziemlich auf, was sonst in diesem herbst erzählerisches vorgelegt worden ist, und ich sage ihnen meine reinsten glückwünsche und meinen dank dafür.

sie wissen vielleicht, wie lang der gedanke an dieses buch, noch zu peter suhrkamps zeiten, in unserm haus umgegangen ist; aus unergründlichen motiven wollte es der alte nicht, später sind wir dann an agenten und an unserer langsamkeit gescheitert. ich erzähle ihnen das ohne neid und ohne hintergedanken, es soll nur die frage rechtfertigen, die ich an mein lob babels knüpfen möchte.

sie wissen ohne zweffel, daß babel ein buch geschrieben hat, das "benia krik" heißt und in einer sehr eigentümlichen, quasifilmischen schreibweise abgefaßt ist. ich interessiere mich dafür, aber ehe ich etwas definitives unternehme, möchte ich sie in aller fairness fragen, ob sie pläne mit diesem buch haben, ja ob sie es kennen. babel ist ja nun gewissermaßen ihr autor, xx und wie desch oder goldmann wollen wir es doch jetzt und nie miteinander halten. ich denke ferner an babels drama - wir wollen es vielleicht übersetzen lassen -, aber in diesem punkt dürfen wir wohl damit rechnen, daß wir ihnen nicht eintrag tun: es wäre dies eine sache für unsern theaterverlag, und das ist ein terrain, auf dem wir nicht gefahr laufen, ihre kreise zu stören.

mit herzlichen grüßen
ihr
enzensberger

ps aschaffenburg war ein öder platz, so öd wie ein eidgenössischer schießstand, möchte ich meinen; also schöne tage haben sie nicht versäumt.

mit großer besorgnis verfolge ich die kritik, die das buch von andersch erfährt. sie wissen, daß ich nicht zu den bewunderern des romans zähle; was sich aber in jenen rezensionen ausspricht, hat mit literaturkritik nicht mehr viel zu schaffen; das deutet darauf, daß xxxx die deutschen zustände xxxx wieder einmal verwildern.

1960 erschien im Walter-Verlag Isaak Babels berühmtes Werk über die russische Revolutionsarmee, *Budjonnys Reiterarmee.*

24. III. 62.

Sehr geehrter Herr Walter,

vielen Dank für Ihren Brief. Schicken Sie mir die Weyrauch-Texte halt herüber. Das Nachwort- und Vorwortschreiben ist mir zwar ziemlich zuwider. Sie wissen selber, daß da meistens etwas Sinnloses getan wird. Einer gibt seinen Senf dazu, man weiß nicht recht warum. Ganz ganz selten ist das Nachwort nötig. Bei der Veröffentlichung eines Nachlasses, bei Gesamtausgaben, aber heute wachsen um jedes zweite Buch Vor- oder Nachworte. Ich habe mich lange Zeit lustig gemacht über unsere bundesrepublikanischen Nachwortschreiber. Es gibt ein paar, die tun fast nichts anderes mehr. Und jetzt schliddere ich selbst hinein in diese Form bloßer Betriebsamkeit. Für den Bechtle-Verlag schrieb ich gerade eins zu einem jungen jüdischen Autor, da schien es mir eine Pflicht zu sein. Jetzt also zu Weyrauch.

Machen wir noch folgenden Vorbehalt: wenn mir nichts Persönliches gelingt über Weyrauch, dann lassen wir's weg. Ich werde mich um die Einfühlung bemühen, gegen Ende April schicke ich Ihnen dann, was ich zustande gebracht habe.

Interpretieren kann ich nicht, die Spezialgeschichte des Weyrauchschen Hörspiels kann ich auch nicht schreiben. Versuchen kann ich aber, mich an den praktischen Umgang mit Weyrauch-Texten zu erinnern und daraus eine Schilderung zu machen, aus der sich, wenn es gelingt, Weyrauchs Bild ein wenig abzeichnen kann.

Bitte, nehmen Sie mir meine Vorbehalte nicht übel. Sie wissen ja selber genau so gut wie ich, daß man vorsichtig sein sollte und eine scheinbar erworbene Schreibfertigkeit nicht beliebig anwenden darf. Es wird einem doch die eigene Hand zuwider, wenn man ihr zusieht, wie sie emsig auf dem Markte herumschreitet.

Übrigens, vier oder fünf Manuskriptseiten, das wäre für die Art, in der ich mir das Nachwort denke, schon sehr viel, weil ich doch keinen Stoff auszubreiten hätte, sondern eine luftige Erinnerungskuh melken möchte in einen nicht vorhandenen Kübel. Also keinesfalls mehr als vier oder fünf Seiten.

Nun hoffe ich bloß, daß wir uns wenigstens einmal irgendwo sehen. Alle Leute, die ich kenne, kennen Sie, bloß ich nicht.

Mit herzlichen Grüßen Ihr Martin Walser

Der „junge jüdische Autor“ ist Elie Wiesel, zu dessen Roman *Die Nacht zu begraben, Elischa* Martin Walser 1962 ein Vorwort schrieb. Wolfgang Weyrauchs Hörspieltexte erschienen, mit einem Nachwort von Walser, 1962: *Dialog mit dem Unsichtbaren.*

Peter Bichsel
Postweg 13
Zuchwil / Sol.

Zuchwil, den 11. Februar 1963

An den
Walter-Verlag
Olten

Sehr geehrte Herren,

ich sende Ihnen hier ein Manuskript mit 19 kurzen Geschichten und möchte Sie bitten, es zu prüfen.
Ich bin 1935 in Luzern geboren, bin in Olten aufgewachsen und lebe in Zuchwil als Lehrer.
Die Geschichten habe ich aus Arbeiten der letzten zwei Jahre - in denen ich mich fast ebenso ausschliesslich mit Prosa wie vorher mit Lyrik beschäftigte - zusammengestellt.
Einzelne Gedichte wurden in Zeitschriften veröffentlicht. Die "Tat" und die "Nationalzeitung" druckten letztes Jahr kurze Prosa.
Daneben habe ich in Solothurn, Bern und Biel vorgelesen und es war vor allem der Erfolg dieser Vorlesungen, der mich ermutigte, die Geschichten zusammenzustellen.
Zu den Arbeiten selbst habe ich nicht viel zu sagen, ich hoffe, dass sie keinen Kommentar benötigen.
Ich weiss, dass der Umfang meines Manuskripts bescheiden ist, glaube aber, dass die kurze Form der einzelnen Stücke einen grossen Umfang des Ganzen nicht rechtfertigen würde.

Für Ihre Arbeit danke ich Ihnen herzlich.

Es grüsst Sie hochachtungsvoll

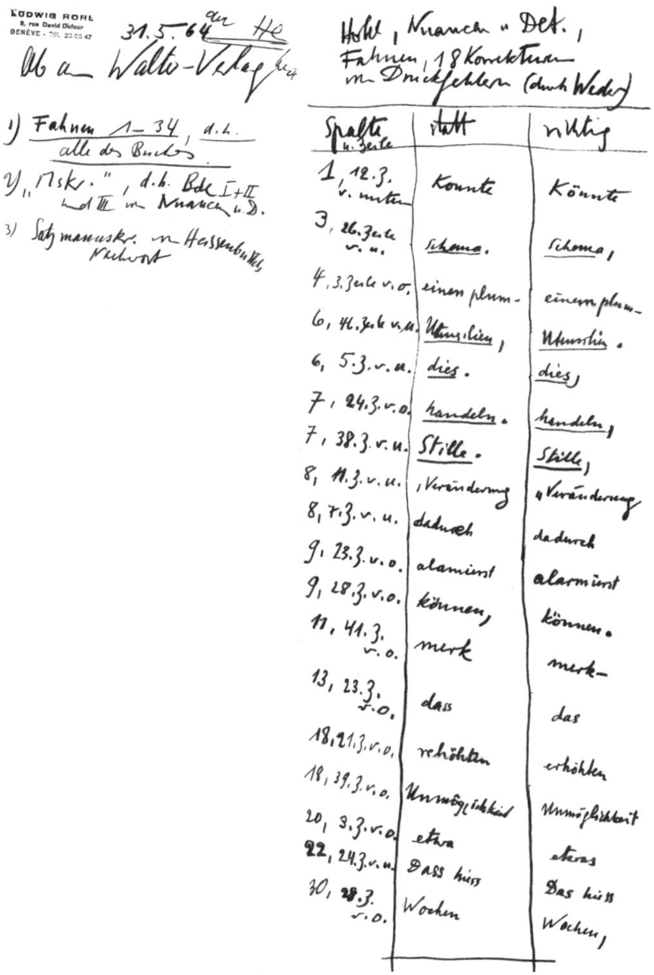

Ludwig Hohl schickt eine Liste der Satzfehler in *Nuancen und Details;* der Band erschien 1964 als „Walter-Druck 3".

konrad bayer
wien 3
dannebergplatz 11

herrn otto f. walter
walter-verlag
olten

wien, 17.juni 1964

lieber herr walter,

vielen dank für ihren brief und die abschrift. habe alles mit den gewünschten hinweisen für den verlag versehen. → *TIMES.*
freut mich sehr, dass hoffnung besteht, dass artmann u.s.w. ich halte die daumen. (schreiben ist schwer. ein tippfehler nach dem anderen.)
wegen der korrektur des artmann-manuskripts: auch wenn ich nicht in wien sein sollte, erreicht mich jede post mit nur einem tag verspätung. ich werde unweit ~~von~~ der stadt wohnen (hagenberg, niederösterreich).
heisst hans carlens roman jetzt so? war das seine idee? mir hat fantasmagorisches tagebuch eigentlich viel besser gefallen. ausserdem finde ich die anspielung auf proust nicht günstig. hier gibt es möglichkeiten einzuhaken, falsch zu kritisieren, alles in die parodie drängen wollen und ähnliches mehr.
gut, ich darf noch nichts sagen: ich hab das manuskript nicht vor mir. trotzdem ist es mir zu plump. wenn es hans carlens <u>fester wille</u> ist, na gut. 14 tage in vero 3 wochen für die korrektur?
der langsame achleitner schreibt noch an seinen VERÄNDERUNGEN um. in spätestens 4 wochen (ich will nicht lügen!) werden sie fertig sein und gehen dann sofort an sie.
wann der roman fertig sein wird, kann ich garnicht sagen, aber es geht jetzt zu meiner grossen freude, wieder richtig weiter!
es freut mich, dass becker das nachwort schreiben will, und ich schicke also ein exemplar + index für ihn mit. (könnte ich dann heimlich still und leise lesen, was er geschrieben hat?)

beides mit 2 gekennzeichnet (bitte schicke sie in dieses, das originale ist garantiert fehlerfrei - und als druckvorlage gedacht)

ZUM BERING:

ich habe im exemplar, das als druckvorlage dienen soll (das foto hängt dran!) jede neue zeile mit ⌐ angezeichnet.
neue zeile soll nicht heissen mehr durchschuss, oder eingezogen, nur neue zeile!
vor jeder neuen überschrift ein <u>grösserer abstand</u> (mehrere zeilen!), dann also überschrift, normaler abstand, dann text als block, damit sich die einzelnen durch überschriften gekennzeichneten teile <u>deutlich</u> voneinander absetzen.

wenn möglich (würde mich sehr fröhlich machen) für BERING eine 10punkt garamond-antiqua (ein muster liegt bei!) und für den index eine 8punkt garamond-antiqua (der index soll als beilage wirken und schrecklich wissenschaftlich und seriös!), paginierung unten aussen, orthographie und zeichensetzung lt. manuskript (ss statt ß!!!!!)

<u>abweichungen</u>:

im INDEX sollen die einzelnen teile (zitate) nur durch auffälligen abstand voneinander getrennt sein (den üblichen ~~halb~~).

alles was in versalien geschrieben ist, soll <u>kursiv</u> gesetzt werden (auf der schreimaschine gibts eben kein kursiv) bei den in einer zeile linksbündig freistehenden worten, die in

[aber Kleinbuchstaben]!

versalien angegeben sind (und also kursiv gesetzt werden sollen), soll etwas mehr durchschuss davor und danach verwendet werden (also wieder ein normaler abstand) um das wort wirklich zu isolieren!!
z.b.: FEUER oder BLAU.
soweit der titel unterstrichen ist soll er in versalien gesetzt werden.

also: alle titel, aber z.b.

melancholische betrachtung allgemeiner natur c) (DER KRAMPF)
↑ versalien ↑ kursiv gemein

versalien aber auch aus der gleichen schrift und grösse (10punkt).

absätze nicht einrücken oder einziehen oder wie das heisst.

ferner: bei essen und trinken II

wie im manuskript: links die ziffern untereinander; eingerückt der entsprechende text und diesmal zwischen den einzelnen nummern ein abstand, obwohl der textblock dadurch optisch aufgelockert wird, aber diesmal soll ja auch eine speisekarte suggeriert werden!!

ich hoffe, dass ich im bereich ihrer absichten und möglichkeiten geblieben bin und grüsse sie herzlichst

ihr

Konrad Bayer

p.s.: habe heute erbärmliche kopfschmerzen (föhn). daher die vielen tippfehler und der mangelnde ehrgeiz sie ordentlich auszubessern.

Peter Bichsel

Zuchwil, 28. Nov. 64

Lieber Herr Walter,

also, ja, nun so denn, dann halt - das ist nämlich nur so, weil ich ein Glückspilz bin. Ich freue mich auch darüber. Es gibt eine herzerweichende Geschichte von Guy de Maupassant, die damit endet, dass einige Väter zur ledigen Mutter ihres gemeinsamen, aber toten Kindes sagen: "Sei nicht traurig, Petite Mouche, wir machen dir ein neues."

Uebrigens ist mein jetziges Manuskript so schlecht, dass uns beiden ein ähnliches Erlebnis erspart bleiben wird. (Ich werde es noch ein bisschen verbessern.) (Wenn ich in den nächsten paar Monaten ein paar freie Minuten finde.)

Zum mindesten habe ich die Geschichten nun ganz endgültig hinter mir. Das ist auch etwas. Ich habe sie auch nicht mehr alle gelesen. Vor einigen hätte ich angst.

Uebrigens hatte ich in Zürich ein sehr nettes Gespräch mit Werner Weber. Uebrigens schreibe ich oft übrigens in meinen Briefen.

Ich habe im Augenblick ausgesprochen Mühe, einen Brief zu schreiben, befolge also Ihr Rezept: Wenn die Wand kommt, weiterschreiben, weiterschreiben

Vor meinem Fensterchen tobt der graugrimmige Nebel als sei er ein Zeichen unserer nebelgrauen Welt. Bäume lassen ihre armigen Aeste ragen.

Jetzt ist es völlig aussichtslos geworden.

Also: Auch ich möchte Ihnen noch einmal herzlich danken für unser Buch. Das mit einer spätern Auflage macht mir keine Sorgen. Sie haben mich ja schon jetzt fast zu Tode gelobt. Sollen sie jetzt Zeit haben, es ein bisschen zu vergessen.

Ich lege noch einen Brief von det norske studentenversamfund bei. Die möchten eine Anthologie über die Gruppe 47 machen und wünschen dafür meinen "Roman". Ich glaube, das muss über Sie gehen. Vielleicht könnten Sie als Uebersetzer Ole Sarvig (ein hervorragender dänischer Dichter) empfehlen. Er hat in Schweden grosse Freude an meinen Sachen gezeigt und davon gesprochen, dass er sie eventuell übersetzen möchte. Ich hätte Vertrauen zu ihm.

Mit herzlichen Grüssen, auch ich bleibe Ihr

Peter Bichsel

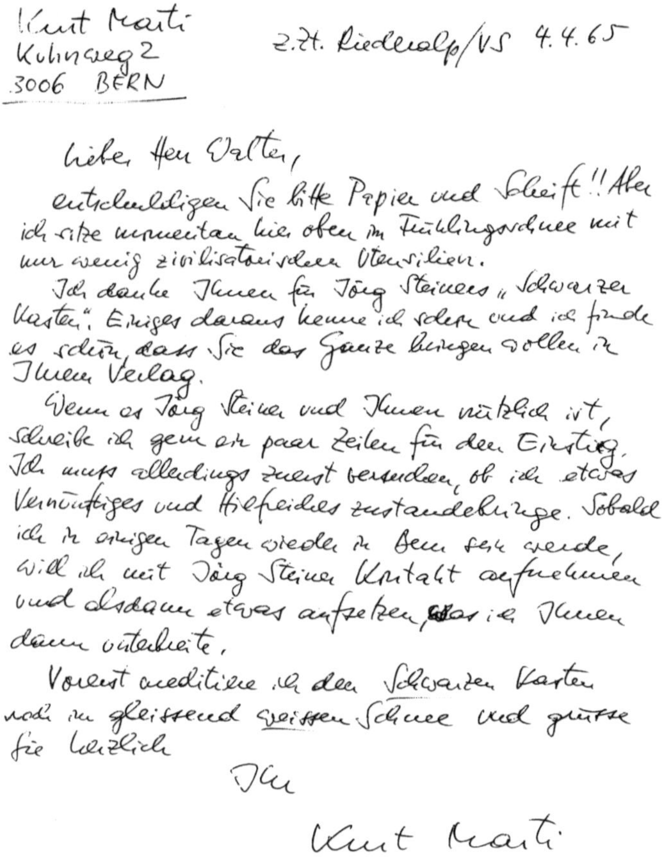

Kurt Marti
Kuhnweg 2
3006 BERN

z.Zt. Riederalp/VS 4.4.65

Lieber Herr Walter,

entschuldigen Sie bitte Papier und Schrift!! Aber ich sitze momentan hier oben im Frühlingsschnee mit nur wenig zivilisatorischen Utensilien.

Ich danke Ihnen für Jörg Steiners „Schwarzen Kasten". Einiges daraus kenne ich schon und ich finde es schön, dass Sie das Ganze bringen wollen in Ihrem Verlag.

Wenn es Jörg Steiner und Ihnen nützlich ist, schreibe ich gern ein paar Zeilen für den Einstieg. Ich muss allerdings zuerst versuchen, ob ich etwas Vernünftiges und Hilfreiches zustandebringe. Sobald ich in einigen Tagen wieder in Bern sein werde, will ich mit Jörg Steiner Kontakt aufnehmen und alsdann etwas aufsetzen, was ich Ihnen dann unterbreite.

Vorerst meditiere ich den Schwarzen Kasten noch im gleissend weissen Schnee und grüsse Sie herzlich

Ihr

Kurt Marti

Kurt Marti schrieb ein Nachwort zu Jörg Steiners Gedichtband *Der schwarze Kasten,* der 1965 erschien.

MARCEL REICH-RANICKI

HAMBURG-NIENDORF
UBIERWEG 10b · RUF 58 10 39
, d.17.12.1965

Walter-Verlag AG
O l t e n und F r e i b u r g
SCHWEIZ

Lieber Herr Walter,

bitte entschuldigen Sie, dass ich erst heute Ihren Brief vom 30.November bestätigen kann. Also einverstanden: Das Nachwort zu dem Band "Die Erzählungen" von Wolfdietrich Schnurre erhalten Sie bis zum 15.Januar. Honorar, wie von Ihnen angeboten, 600 DM. Doch nehme ich an, dass Sie mich nicht bis an das Ende meines Lebens ausbeuten wollen, dass also dieses Honotar nur für die erste Auflage des Bandes gilt und dass ich bei allen weiteren Auflagen, die ich natürlich Ihnen und Schnurre vom Herzen wünsche, nicht leer ausgehe. Ein Verleger - ich glaube es war Raddatz - hat mir mal beigebracht, dass man niemals ein Manuskript einem Verlag ein für allemal geben darf.

Wir haben uns geeinigt, dass ich über Schnurre, wie es dem Zweck eines solchen Nachworts angemessen ist, so freundlich wie möglich schreiben werde. Ich nehme es aber als selbstverständlich an, dass mein bescheidenes Manuskript nicht etwa einer Zensur von Wolfdietrich Schnurre unterworfen wird.

Vom 23. bis 31.Dezember bin ich in Londnon, wo ich Schnurre lesen werde. Adresse:

Marcel Reich-Ranicki
c/o Mrs. G. Boehm
58, Primrose Gardens
London N.W.3

Bitte schreiben Sie mir an diese Adresse und schicken Sie mir unbedingt ein genaues Verzeichnis der Erzählungen, die in den Band aufgenommen werden. Werden die Geschichten chronologisch angeordnet? Bringen Sie die Daten der Entstehung oder der Erstveröffentlichung? Wenn ja, dann bitte ich, auf dem Verzeichnis diese Daten vermerken zu wollen.

Mit vielen herzlichen Grüssen bin ich Ihr ergebener Diener

WALTER-VERLAG

Aktennotiz Anregung Rapport Reisebericht von O. Walter Blatt..........

Betrifft Jandl: LAUT UND LUISE

Datum 14.4.66 Wa/sr

Zu erledigen

Bericht

1. An der Verlagsbesprechung (31.3.) habe ich darauf hingewiesen, dass in dem Manuskript von Jandl zwei Gedichte sind, die, wenn auch aus Missverständnis, als blasphemisch erscheinen können. Die Frage, ob wir das Buch lediglich in Deutschland offiziell anzeigen und ausliefern, wurde in der Besprechung allgemein bejaht, gerade aus Rücksicht auf allfällige negative Rückwirkungen.

2. Im Gespräch vom 6.3. mit Dr. Rast haben er und ich noch einmal diese Frage beraten. Dr. Rast hat entschieden: Das Buch soll in der Schweiz in keinem Werbemittel (ausser dem Walter-Druck-Sonderprospekt, soweit er dann wieder nachgeführt und den Büchern beigelegt wird) angezeigt werden. Das betrifft Inserate über die Herbst-Neuerscheinungen, insbesondere aber "Neu bei Walter" 2. Halbjahr 1966. Herr Berger ist gebeten, zusammen mit den Herren H. Placzek und Theo Frey diesen Sonderfall im Auge zu behalten.

3. Gemäss der oben erwähnten Besprechung wird LAUT UND LUISE von Ernst Jandl weder an die Herren vom Verwaltungsrat noch an andere nicht ausdrücklich bestimmte Empfänger von Belegexemplaren verschickt werden. Frau von Dach und Frau Hetzar sind gebeten, davon Kenntnis zu nehmen.

4. Telefongespräch mit Herrn Jandl, 18.4.66:
Ich bitte Herrn Jandl, auf die beiden Gedichte "Herr Jesus" und "Beginnende Räude" zu verzichten, weil sie als blasphemisch missverstanden werden könnten. Herr Jandl weist im Fall des Gedichts "Herr Jesus" darauf hin, dass es durchaus ein Bekenntnishaftes Gedicht von ihm sei, deshalb auch im Kapitel "Autors Stimme" an erster Stelle.
Fürs zweite Gedicht schlägt er vor:
a) Titel einfach weglassen
b) die Worte "und" (auch dort, wo es als "hund" auftaucht) durch das grafische &-Zeichen ersetzen
Er bittet den Verlag, unter diesen Konzessionen seinerseits noch einmal zu entscheiden, ob der irrtümliche Eindruck des Blasphemischen für uns entstehen könne und unüberwindlich sei.
Herr Frey wird gebeten, die entsprechenden Aenderungen im Manuskript vorzunehmen.

Aktennotiz mit strategischen Vorhaben zu Ernst Jandls Gedichtband *Laut und Luise,* der als „Walter-Druck 12" 1966 erschien – kurz vor der Entlassung Otto F. Walters.

Frau Dr. Ingeborg Bachmann
Via Bocca di Leone 60

Olten, 7. November 1966
Wa/sc

R o m ITALIEN

Dearest Ingeborg,

Da ich nicht weiss, ob Sie mein auf scheusslich kariertem Notizpapier verfasstes Billett lesen können - es liegt hier bei - das Ganze auch noch in Klartext:

"Ihr Roman ist abgeschlossen? Ich höre davon. Glückwunsch, vorerst zum Faktum! - Eine Frage: Wie Sie wissen, bin ich nun mal Ihr kleiner oder wie immer Bruder. Ich habe in meinem Gefühl so etwas wie eine Stimme, die mir sagt, ich sollte Sie um ein Vertrauen bitten. Das Vertrauen, dass Sie mir das Manuskript für 14 Tage zum Lesen geben. Sehen Sie, ich meine: wer mit ein bisschen Kenntnis des Metiers wird Ihnen die gerade auch negativen Dinge sagen können oder dürfen? Die Piper-Leute? - Schön. Die vielen Freunde, die wir in solchen Augenblicken haben? - Na ja, na ja. Ich könnte und dürfte "rücksihhtslos" sein. Unsere Verbindung in der Tiefe ist, so meine ich, stark genug, das auszuhalten. Ich möchte das tun. Sie brauchen das, wie jeder Meister: einen ehrlichen Leser-Partner. Und weil e i n s nicht passieren dürfte: dass man Sie verletzen k a n n, mit Argumenten. Verstehen Sie mich? S i e verstehen mich."

Immer Ihr alter

Bei dem im Brief genannten Roman dürfte es sich wohl um den Roman *Malina* handeln, der zum „Todesarten"-Projekt gehört, an dem Ingeborg Bachmann jahrelang arbeitete. Einige Zeit vor Erscheinen des Romans kündigte die Autorin nach Streitigkeiten mit dem Piper Verlag ihren Vertrag. Der Roman erschien 1971 bei Suhrkamp.

Suhrkamp Verlag

am 7. Januar 1967

Lieber Herr Walter,

ich höre, daß Sie aus dem Walter-Verlag ausgeschieden sind, und Nachrichten aus dem Walter-Verlag bestätigten, daß es sich hier nicht um ein Gerücht handelt. Ich finde diesen Vorgang höchst bemerkenswert, schon deswegen, weil wir eine kollegiale, ja freundschaftliche Zusammenarbeit ausübten. Ich kann mir vorstellen, was an Auseinandersetzung hinter diesem Entschluß für Sie stand, und ich versichere Sie meiner Achtung und Teilnahme.

Falls Sie den Wunsch haben, wegen verlegerischer Pläne mit mir zu sprechen, so bin ich gerne dazu bereit. Sie treffen mich hier in Frankfurt. Am 17. Januar fahre ich nach St. Moritz und bleibe bis etwa 26./27. Wenn Sie es wünschen, könnte ich auf der Hin- oder Rückreise bei Ihnen vorbeischauen.

Mit allen guten Wünschen für Sie

Ihr

6 Frankfurt am Main, Grüneburgweg 69, Postschließfach 2446. Telefon 72 08 81. Telex 413972. Telegramme Suhrkampverlag Frankfurtmain. Konten: Deutsche Bank Frankfurt am Main 95/7100. Postscheck Frankfurt am Main 115761

Antwort Handschrift am 29.1.67

Günter Grass

Berlin 41, am 12. Januar 1967
Niedstr. 13

Herrn
Otto. F. Walter
WALTER-VERLAG AG

O l t e n

S C H W E I Z

Lieber Otto F. Walter,

bevor Sie Olten räumen, noch rasch meinen Dank und Gruß. Meine Anna, als sie von Ihrer Kündigung hörte, geriet in recht schweizerische Wut (denn die schweizerische Wut ist eine spezielle; Sie werden Sie kennen), und es mag sein, daß die Füttli-Bürgerseite Ihres Landes es der Anna für Momente leichter gemacht hat, in diesem Land zu leben, das ja auch nicht geneigt ist, sich von der besseren Seite zu zeigen.

Was haben Sie nun vor? Werden Sie Wagenbachs Weg gehen(und Ihre Briefmarkensammlung verkaufen)? Wird Sie Big Brother Unseld an die Brust nehmen und unbarmherzig lieben? Ich stelle mir Ihre Lage als schwierig und bedrückend vor, zumal Sie die Verantwortung für so viele Autoren mitzutragen haben. Wie dem auch sei: wenn Sie Lust verspüren sollten, auf einen Sprung nach Berlin zu kommen, ich biete Ihnen mein Ohr, Getränke und, wenn Sie wollen, Zusammenarbeit an. Wie Sie vielleicht wissen, hat der Hermann Luchterhand Verlag auf mein langjähriges Betreiben, Drängen, Stoßen und Drohen hin recht großzügig eine Dependance in Berlin eröffnet. Dort arbeiten Elisabeth Borchers, Klaus Roehler und ich. Rundheraus gesagt: Dort in der Dickhardtstraße, Berlin-Friedenau, wäre noch ein großes Zimmer nebst Schreibtisch frei, aber womöglich sind Sie mit all Ihren Schäflein schon längst unter Dach und Fach, und mein Angebot muß Ihnen nach einer nachhinkenden Abwerbung schmecken. Sollten Sie sich aber noch nicht entschlossen haben, so bitte ich Sie,

- 2 -

mein Angebot ernst zu nehmen. Besonders, wenn ich an unsere ersten Begegnungen denke, - später trafen wir uns ja nur leicht hysterisch infiziert auf Buchmessen, - könnte ich mir eine gute Zusammenarbeit vorstellen.
Damit Sie und Ihre Autoren nicht im Hermann Luchterhand genannten Verlagsprogramm untergehen, würde ich vorschlagen, nach dem Vorbild Helen & Kurt Wolff Books bei Harcourt, Brace & World, die Reihe Otto F. Walter Bücher zu nennen.

Sie sehen, ich gehe schon ins Detail, denn dieser Gedanke, selbst wenn er hübsch und sinnlos bleibt, macht Spaß.

Freundliche Grüße
Ihr

P.S. "Berge, Meere und Giganten" schicke ich Ihnen sofort zurück, da ich dieses seltene Exemplar besitze. Nochmals vielen Dank.

LUDWIG HOHL
8 rue Dav...
GENÈVE - Tel. ...

An die Direktion
der Walter-Verlags AG
Olten

an Walter mit den herzlichsten Grüssen Hohl

Sehr geehrter Herr Dr.Rast,

die Wirkung der Aenderung, die mit Ihrem Verlag durch das plötzliche Ausscheiden Herrn Walters geschehen ist, war derartig, dass ich Zeit brauchte, um mich zurechtzufinden.

Hatte doch Otto F.Walter für mich schlechthin den Verlag repräsentiert. Verkörperte er doch (für mich) diesen Verlag!

Dadurch wird klar, dass ich weiterhin nicht mehr Autor Ihres Verlages sein kann.

Nun besteht da jedoch eine Schwierigkeit, nämlich die hinsichtlich des Erscheinens oder Nichterscheinens meines letzten Buches. Der Text dieses Buches war zur Zeit der Jahreswende schon zu ca. 99 % gesetzt; kürzlich kam auch der ungebrochene Text an; die Titelseiten; d.h. die Arbeiten am Buch sind schon zu mindestens 9/10 zu Ende geführt; und "als Erscheinungstermin ist Februar 1967 vorgesehen".

Und da ja das Buch noch vollständig unter der Leitung von Herrn Walter zustandegekommen ist ... stimme ich der Veröffentlichung bei.

Mit der vorzüglichsten Hochachtung

Hohl
Ludwig Hohl

14.-24.Jan. 67

Neue Zürcher Zeitung

Täglich drei Ausgaben

und schweizerisches Handelsblatt

Telephon (051) 32 71 00

Redaktion: Falkenstraße 11, Zürich

Japanische Mutmaßungen über die Wirren in China

Schlüsselrolle der Armee

Von unserem Korrespondenten

fat. Tokio, 12. Januar

Das japanische Außenministerium hat sich in der Form einer internen Stellungnahme zuhanden seiner Botschaften und Gesandtschaften zur Lage in China geäußert. Die Verfasser kommen zum Schluß, daß die Auseinandersetzung sich heute auch innerhalb der chinesischen Volksbefreiungsarmee abspiele, die sich langsam von der Roten Garde distanziere und dieser nicht mehr überall ihren Schutz gewähre. Ohne die aktive Unterstützung durch die Armee sind die Rotgardisten in

Militärputsch in Togo

Rücktritt Präsident Grunitzkys

Cotonou, 13. Jan. ag (AFP) Der Stabschef der togolesischen Streitkräfte, *Oberstleutnant Eyadema*, gab am Freitag morgen über das Radio bekannt, daß die Armee wegen der im Lande herrschenden ernsten Lage die Macht übernommen habe. Von zuverlässiger Seite verlautete, daß *Präsident Nicolas Grunitzky* während der Nacht zurückgetreten sei.

In *Lomé*, der Hauptstadt der Republik Togo, soll Ruhe herrschen; aber die Verbindungen sind unterbrochen. Es ist der *Notstand ausgerufen* worden. Oberstleutnant

Spitze des Staates, der von Anfang an eine Präsidialverfassung hatte.

Zunächst wurde Grunitzky von zahlreichen der afrikanischen Staatschefs nicht anerkannt, die ihm vorwarfen, durch einen Präsidentenmord an die Macht gelangt zu sein. So blieb an der Gründungskonferenz der Organisation für afrikanische Einheit (OAU) vom Mai 1963 der Platz Togos leer. Als Glied der «Afrique francophone» gehörte jedoch Togo der UAM respektive der heutigen Organisation Commune Africaine et Malgache (OCAM) an; auch näherte es sich immer mehr dem vom Präsidenten der Elfenbeinküste, Houphouet-Boigny, geschaffenen und von ihm dominierten Conseil de l'Entente

Kiesinger in Paris

Von unserem Korrespondenten

H. E. T. Paris, 13. Januar

Bundeskanzler *Kiesinger* ist am Freitag vormittag um 11 Uhr, begleitet von Vizekanzler und Außenminister *Brandt*, auf dem Flugplatz Orly eingetroffen. Er wurde dort von Premierminister *Pompidou* empfangen. Kiesinger begab sich zuerst zum traditionellen Hauptquartier der deutschen Minister in Paris, dem Hotel Bristol, knapp hundert Meter vom Elysée entfernt. Um 11 Uhr 45 begann die erste Besprechung Kiesingers mit Präsident *de Gaulle*, der sich ein Déjeuner im Elysée anschloß, an dem auch Pompidou und

---

Otto F. Walter

Der Dichter Otto F. Walter («Der Stumme», «Herr Tourel», «Elio oder Eine fröhliche Gesellschaft») war Leiter der literarischen Abteilung des Walter-Verlages in Olten. Er war es. Er wird es nicht mehr sein: er ist vom Verwaltungsrat der Walter-Verlags-AG in Olten entlassen worden. Die Konzeption Otto F. Walters für die literarische Abteilung des Verlags war mit den Auffassungen und mit den Erwartungen des Verwaltungsrates nicht mehr zusammenzubringen.

Unter der Leitung Otto F. Walters ist die literarische Abteilung des Walter-Verlags zu einem der wesentlichen Sammelpunkte neuerer und neuester Literatur geworden. Was nun, da man den verantwortlichen Mann, der das erreichte, entlassen hat? Enttäuschung, Empörung und Gerüchte. Die Presse des In- und des Auslandes befaßt sich mit dem Fall.

Ausgangspunkt für das Weitere muß wohl die Tatsache sein: Otto F. Walter sieht keine Möglichkeit einer Vermittlung zwischen ihm und dem Verwaltungsrat des Walter-Verlags; sieht keine Möglichkeit, an den alten Posten nach Olten zurückzukehren. Er will seine Arbeit unter andern Bedingungen fortsetzen. Was für Bedingungen? Er ist daran, die Sachlage abzuklären.

Wenn nicht nur uns, sondern (wie sie betonen) wirklich auch den deutschen Partnern im Literatur- und Verlagsleben daran gelegen ist, daß ein Mann wie Otto F. Walter weiterhin zum Vorteil der neueren und neuesten Literatur wirken kann — wenn uns allen daran gelegen ist, dann wären unter anderem die folgenden Punkte zu beachten:

1. Fairness, Loyalität. Das heißt: Es sollte sich erweisen, daß Otto F. Walter den neuen Entwurf für seine Arbeit bereinigen kann, ohne sich im Widerstand gegen Quertreibereien aufbrauchen zu müssen — es sollte sich im besondern erweisen, daß man nun die Krise nicht ausnützt und sich zu einem unfairen Wettrennen nach Autoren und Verlagsrechten hinreißen läßt.

2. Geld, und zwar schweizerisches. Das heißt: Es sollte sich erweisen, daß wir an unserem Ort nicht nur in der Lage sind, zu ermessen, was die Arbeit eines Mannes wie Otto F. Walter für das literarische Leben des deutschen Sprachgebietes, für das Ansehen der Schweiz innerhalb dieses Gebietes bedeutet — es sollte sich am Ende auch erweisen, daß es möglich wurde, einen Mann wie Otto F. Walter von der Schweiz aus die finanzielle Teilnahme erfahren zu lassen, die es ihm ermöglicht, weiterhin hier, in unserem Kreis, für den größeren Kreis der Gegenwartsliteratur zu wirken.

Sind wir in diesen zwei Punkten für Otto Walter, dann hat unsere Sympathie — im alten Sinn des Mit-Leidens — einen festen Boden.

Werner Weber

Auf der Titelseite der NZZ-Abendausgabe (die NZZ erschien damals noch dreimal täglich) vom Freitag, 13. Januar 1967, stand unten, „unter dem Strich", der Kommentar des Feuilletonchefs Werner Weber.

Ernst Jandl
Untere Augartenstr. 1-3/1/19
A-1020 Wien

Wien, 17.1.1974

Lieber Otto F. Walter,

ich danke Ihnen aufrichtig für Ihren Brief vom 14. Januar und freue mich über die prinzipielle Übereinstimmung unserer Ansichten, woran ich im Grunde nie zweifelte. Sie werden es mir allerdings nicht verübeln, daß ich in Ihrer relativen Distanzierung – und sei diese auch noch so gering – vom Verlag, dessen Programm Sie so vollständig umstülpten, ein Zeichen dafür sah, und sehe, daß manches, das Sie realisieren wollten, sich nicht in der von Ihnen gewünschten Weise durchsetzen ließ. Sie sind, wenn ich die Sache überhaupt noch überblicke, ein, oder der, Betreuer des literarischen Programms. Aber dadurch, daß Sie, wenn ich es richtig sehe, nicht mehr Verlagsleiter sind, ist die gesamte Verantwortung für den kommerziellen Aspekt des Unternehmens in andere Hände gelangt, und natürlich kommen von dort sämtliche Spielregeln. (Ich erinnere mich noch genau an den kommerziellen Aufschwung des literarischen Programms unter Ihrer Leitung; aber das war eine andere Zeit. Klaus Ramm, den ich schätze, und mit dem ich schon lange außer Kontakt bin, hat meines Erachtens gravierende Fehler gemacht, die ich kaum ihm, dem Anfänger im Verlagswesen, vorhalten kann; aber ebensowenig vermag ich es, Ihnen daraus einen Vorwurf zu machen, denn gerade daß Sie jedem, mit dem zusammenzuarbeiten Sie sich entschlossen haben, das Äußerste an Spielraum erlauben, verbindet mich mit Ihnen.)
Dem Verlag, auch wenn die Dinge nicht so laufen, wie ich es möchte, irgendeine Art von "bösem Willen" zu unterstellen, oder irgendwem im Verlag, ist von mir aus unmöglich. Das wäre nur denkbar, wenn ich den Verdacht haben könnte, irgendein Konkurrent, sozusagen, auf ähnlicher Bahn sich bewegend wie ich, hätte nun Einfluß genug gewonnen, mich auszuschalten; davon kann garkeine Rede sein. Wohl aber könnte ich mir vorstellen, ohne deswegen irgendwen "bösen Willens" zu bezichtigen, daß man, wer auch immer, eingesehen hat, daß eine bestimmte Art Literatur, die es für einige Zeit im Verlag gab, nun nicht mehr rentabel genug ist. (Sie war es nie, und ich habe für diese Art, die Lage zu sehen, durchaus Verständnis.)

Ich bitte freilich auch um Verständnis für mich, insoweit es nämlich einige Bücher von mir gibt, die man vielleicht zum "Standard" einer bestimmten Art neuer Literatur zählen kann, und andere, die dazu nicht unbedingt gehören. Auch solches müßte man im Verlag erwägen.

Meine bei Luchterhand veröffentlichten "Standard-Werke" sind "Laut und Luise", "Der künstliche Baum" und "Dingfest". Diese 3 Bücher sollte man dauernd im Programm halten; daneben wäre es denkbar, ein Buch zu machen, das - nach Schallplattenmuster - E.J.'s "Greatest Hits" enthält, also einen Extrakt aus allen bisherigen Publikationen, der die tatsächlich erfolgreichen Texte enthält; weiters könnte ich mir vorstellen, daß man aus dem vorhandenen publizierten Material einen Band "Ernst Jandl für Kinder" zusammenstellt. Die drei genannten Bücher weiter im Programm zu halten, bzw. die beiden Extrakte herzustellen, wird, wie ich es einschätze, am ehesten dazu beitragen, die vorhandenen Exemplare von "serienfuss", "sprechblasen" und "fünf mann menschen" (dem ich die geringste Chance gebe) allmählich abzusetzen, ebenso die restlichen Exemplare der Platte "der künstliche baum".

Zu "e.j. für alle" vermag ich noch nichts zu sagen, da ich die erste Abrechnung darüber noch nicht erhalten habe. Die Platte "das röcheln der mona lisa", zusammen mit Heißenbüttels Hörspiel, wird, wenn man nicht auf einen besonderen Werbetrick kommt, einen zähen Absatz haben - wobei für alles insgesamt, Bücher und Platten, Österreich immer noch ein offener Markt ist; die Händler hier haben bisher überhaupt nicht mitgemacht, und es scheint seltsam, daß eine Kooperation zwischen Vertretern des Verlags in Österreich und österreichischen Verlagsautoren bisher nicht angebahnt wurde.

"e.j. für alle" mag den Kauf anderer Bücher nach sich ziehen - ich würde es wünschen. Zu glauben hingegen, man könne "Laut und Luise" und "Den künstlichen Baum" auslaufen lassen, um dann die restlichen Titel besser absetzen zu können, halte ich für vollkommen falsch. Die "Standard-Werke", wenn man es so nennen darf, müssen die anderen mitziehen. [redacted]

Meine Vorschlag ist: halten Sie "Laut und Luise", "Der künstliche Baum" und "Dingfest" weiterhin im Programm; verhalten Sie sich abwartend im Falle des Buches "für alle"; und ziehen Sie die

übrigen Titel, sobald sie verkauft sind, aus dem Programm, oder verramschen Sie sie, wenn sie sich nicht weiter verkaufen lassen, nachdem Sie mir, bzw. im Fall von "Fünf Mann Menschen" Friederike Mayröcker und mir, den Ankauf von Restexemplaren zu entsprechend niedrigem Preis angeboten haben.
Ich bin ganz dagegen, daß Bücher nur Magazine füllen, ebenso wie ich dagegen bin, daß ein Buch, das weiterhin Chancen hat, nicht mehr erhältlich sein soll. (Erneut weise ich darauf hin: Texte aus "Laut und Luise", "Der künstliche Baum" und "Dingfest" erscheinen in Lesebüchern und in Kinder- und Jugendbüchern, und werden das wahrscheinlich noch einige Zeit tun; nach diesen drei Büchern, den "Quellen", wird daher verlangt werden, von Kindern bzw. ihren Eltern. Und wiederum erinnere ich daran, daß ein Buch "e.j. für kinder" ein erfolg sein könnte; aber Luchterhand ist kein Kinderbuchverlag - doch warum nicht in Lizenz an einen solchen? Gertraud Middelhauve in Köln etwa.)
Lizenzausgaben überhaupt - hier fühle ich mich vom Verlag tatsächlich im Stich gelassen. Natürlich hat der Verlag anderes zu tun, aber <u>nur</u> anderes? Gehört es nicht auch zu den Aufgaben des Verlags, den Arbeiten seiner Autoren eine möglichst breite Streuung zu sichern? Man kennt mich, z.Bsp., in bescheidenem Maße in Großbritannien und den U.S.A. Was davon habe ich dem Verlag zu danken? Wie es mir scheint, habe ich es ganz allein getan, und das nimmt unerhört viel Zeit weg, die man andernfalls für Produktion verwenden könnte.
Warum gibt es von meinen "populäreren" Sachen nichts in einer Buchgemeinschaft? Artmann ist längst dort, "Büchergilde Gutenberg", soviel ich weiß. Welche Bemühungen hat der Verlag in dieser Richtung bereits unternommen? Ich denke, garkeine; denn ich gelte, trotz aller Gegenbeweise, offenbar immer noch als ein Autor für eine verschrobene Minderheit.
"Alle meine Werke auf dem Markt lieferbar zu halten", daran denke ich, wie gesagt, garnicht; aber daß die drei genannten Titel lieferbar bleiben sollten, darauf müßten auch Sie bestehen, nachdem Sie meine gesamten bisherigen Publikationen besser kennen als irgendein anderer. Ich bitte Sie eindringlich darum, auf dieser Linie vorzugehen. - Die übrigen Sachen können, wenn erst diese unerläßliche Voraussetzung für mein Weiterbestehen als Autor geschaffen ist, immer wieder in den Becher geworfen, geschüttelt und in neuer Kombination herausgebracht werden, aber diese drei fixierten Werke dürfen nicht verändert werden.

Wie Sie aus den beiliegenden drei Kopien von Mitteilungen des Walter-Verlags sehen, hat dieser Verlag, nachdem ich ihm bekanntgegeben hatte, daß "Laut und Luise" in der Sammlung Luchterhand vergriffen sei, rasch geschaltet und sich dabei sehr fair verhalten. Der Lizenzvertrag mit Luchterhand ist aufgelöst, die Taschenbuchrechte, die nur der Walter-Verlag an mich zurückgeben konnte, sind jetzt bei mir, und falls Luchterhand es wünscht, kann er eine zweite Auflage des Taschenbuches herausbringen, ohne daß dafür ein Honorar an den Walter-Verlag zu bezahlen ist. Das Honorar, in der Höhe von 7 Prozent, bekäme demnach ich, wobei ich damit einverstanden wäre, wenn die Honorierung nicht in Form einer Vorauszahlung erfolgte, sondern als laufende Abrechnung.
Ich bin auch bereit, mit dem Verlag über die Möglichkeit der Überlassung nicht nur der Taschenbuchrechte, sondern auch der übrigen Rechte zu verhandeln. Alle Rechte wieder bei mir zu wissen, ist für mich nicht beruhigend, sondern bedeutet vorerst Unsicherheit, nämlich für das Buch, und für mich dann die Notwendigkeit, für dieses Buch nach einem neuen Verlag zu suchen.
Jedenfalls will ich es versuchen, wegen "Laut und Luise" mit dtv ins Gespräch zu kommen, und bitte Sie dafür auch um Ihre Unterstützung, sobald Sie wissen, daß Luchterhand weder eine zweite Auflage des Taschenbuches noch eine Neuausgabe außerhalb der SL zu machen bereit ist.
An einem neuen Buch arbeite ich vorerst nicht, was nichts besagt; denn als Autor in kleinen Schüben, dem der lange Atem fehlt, waren meine Bücher bisher Sammlungen von kurzen Texten, und werden es wohl auch in Zukunft sein. Gegen Ende 74 arbeitete ich 3 Referate aus, die ich unter dem Titel "Mitteilungen aus der literarischen Praxis" im germanistischen Institut in Wien zu halten hatte. Demnächst beginne ich an einem Vortrag für Salzburg zu arbeiten, der sich mit Trakl, dem Expressionismus und meinen eigenen Gedichten beschäftigen soll. Zu theoretischen Arbeiten brauche ich im allgemeinen sehr lang; dennoch merke ich, daß sie mir allmählich leichter von der Hand gehen.
Sie weisen in Ihrem Brief auf die verhältnismäßig große Zahl von Publikationen in den letzten 8 Jahren hin; daß mir diese Möglichkeit zuteil wurde, dafür bin ich Ihnen und dem Verlag

höchst dankbar. Ich denke aber, jetzt sollte eine Pause eintreten, zumal die gegenwärtige Gefahr für "Laut und Luise" und den "Künstlichen Baum" doch mit dem Umstand zusammenhängen dürfte, daß auf diese beiden Bücher in verhältnismäßig kurzem Abstand weitere Titel folgten.
Wenn Sie mich als einen der "auflagestärksten Lyrik-Autoren des deutschen Sprachgebiets" bezeichnen, so freut mich das natürlich. Gerade damit müßten die Verlagsvertreter in Österreich argumentieren, und tun es bestimmt nicht; denn in kaum einer einzigen Wiener Buchhandlung ist ein Buch von mir vorrätig, und vielfach kennen die Verkäufer nicht einmal meinen Namen.
Sooft ich Werbeeinschaltungen für die Sammlung Luchterhand sehe, wird darin nahezu ausschließlich für politische und soziologische Titel geworben. Und vergleichen Sie bitte den Werbeaufwand für Peter Härtlings Roman "Eine Frau" und mein Buch "Für alle".
Abschließend darf ich Ihnen versichern, daß ich nicht daran denke, die Zusammenarbeit mit dem Luchterhand Verlag aufzugeben, solange es sich um eine echte Zusammenarbeit handelt, der Autor also nicht von Maßnahmen des Verlages überrollt wird.

Mit den herzlichsten Grüßen an Sie und Ihre Frau,

allzeit Ihr

Ernst Jandl

<u>Beilage</u>

Zeittafel

1928
Geboren am 5. Juni in Aarau als neuntes Kind und einziger Sohn des Verlegers und Politikers Otto Walter. Aufgewachsen in Rickenbach. Schulbesuch in Engelberg, Olten und Schwyz.

1944
Tod des Vaters.
Buchhändlerlehre in Zürich. Druckerei-Volontariat in Köln.

1951
Sekretär des Verlegers Jakob Hegner.

1956
Literarischer Leiter des Walter-Verlags, Olten. In der „Neuen Zürcher Zeitung" erscheinen erste Erzählungen.

1959
Der Stumme, Roman (Kösel, München).

1962
Herr Tourel, Roman (Kösel, München).

1965
Elio oder Eine fröhliche Gesellschaft, Bühnenstück (Kösel, München).

1966
Entlassung aus der Verlagsleitung des Walter-Verlages.

1967
Verlagsleiter (Geschäftsführer) des Luchterhand Verlages Neuwied, Berlin, Darmstadt.

1972
Die ersten Unruhen, Roman (Rowohlt, Reinbek).

1973
Rückkehr in die Schweiz. Bis 1982 Verantwortung für einen Teil des literarischen Programms des Luchterhand Verlages.

1977
Die Verwilderung, Roman (Rowohlt, Reinbek).

1979
Wie wird Beton zu Gras, Roman (Rowohlt, Reinbek).

1983
Das Staunen der Schlafwandler am Ende der Nacht, Roman (Rowohlt, Reinbek).
Eine Insel finden, Gespräch zwischen Otto F. Walter und Silja Walter (Arche, Zürich).

1988
Zeit des Fasans, Roman (Rowohlt, Reinbek).
Gegenwort, Aufsätze, Reden, Begegnungen (Limmat, Zürich).

1991
Auf der Suche nach der Anderen Schweiz, Aufsätze (Edition Kürz, Küsnacht).

1993
Die verlorene Geschichte, Erzählung (Rowohlt, Reinbek).

1994
Gestorben am 24. September in Solothurn.

Nachweise

Fotos

Schweizerisches Literaturarchiv, Bern:
Frontispiz (Foto Alexander Klee),
4 (Foto Jost Camenzind), 5a, 5b (Foto Erica Loos),
9 (Foto Rudolf Rohr)

Michèle Scholl Walter:
1 (Foto Kurt Ammann), 2a, 2b, 3a, 3b, 6

Dominique Walter:
7, 8

Der Brief von Ernst Jandl vom 17.1.1974
(aus: Ernst Jandl, *Texte, Daten, Bilder)*
erscheint mit freundlicher Genehmigung
des Luchterhand Literaturverlags, München.

Der Verlag dankt Traudl Bayer, Peter Bichsel,
Hans-Magnus Enzensberger, Günter Grass,
Kurt Marti, Marcel Reich-Ranicki, Siegfried Unseld,
Martin Walser sowie der Ludwig-Hohl-Stiftung
für die Genehmigung zum Abdruck der Briefe.

BELLETRISTIK IM LENOS VERLAG
Auswahl lieferbarer Titel

Abdallah, Jachja Taher: Menschen am Nil
Baalabakki, Laila: Ich lebe
Bachmann, Guido: Der Basilisk
Bachmann, Guido: Dionysos
Bachmann, Guido: Echnaton
Bachmann, Guido: Gilgamesch*
Bachmann, Guido: Die Kriminalnovellen
Bachmann, Guido: lebenslänglich
Bachmann, Guido: selbander
Bachmann, Guido: Die Wirklichkeitsmaschine
Bachmann, Guido: Zeit und Ewigkeit
Bakr, Salwa: Atijas Schrein
Bakr, Salwa: Die einzige Blume im Sumpf*
Bakr, Salwa: Der goldene Wagen fährt nicht zum Himmel
Barakat, Salim: Der eiserne Grashüpfer
Becher, Ulrich: Abseits vom Rodeo
Becher, Ulrich: Das Profil
Becher, Ulrich: Vom Unzulänglichen der Wirklichkeit
Becher, Ulrich/Grosz, George: Flaschenpost
Bovard, Jacques-Etienne: Warum rauchen Sie, Monsieur Grin?
Bührer, Jakob: Lesebuch
Burri, Peter: F.
Burri, Peter: Glanzzeiten
Burri, Peter: Tramonto
Burri, Peter (Hrsg.): Lucio Dalla. Liedtexte
Burri, Peter: Cendrars entdecken
Büsser, Judith: Wera R.
Cendrars, Blaise: Brasilien
Cendrars, Blaise: Im Hinterland des Himmels
Cendrars, Blaise: John Paul Jones
Cendrars, Miriam: Blaise Cendrars. Eine Biographie
al-Charrat, Edwar: Safranerde*
Chraibi, Driss: Ermittlungen im Landesinnern*
Crauer, Pil: Das Leben und Sterben Paul Irnigers
Deschner, Karlheinz: Nur Lebendiges schwimmt gegen den Strom
drehpunkt-Reprint 1968–1979 · drehpunkt-Reprint 1980–1988
drehpunkt Nr. 100: Über Erwarten
Dschabra, Dschabra Ibrahim: Der erste Brunnen
Errera, Eglal: Isabelle Eberhardt
Faes, Urs: Bis ans Ende der Erinnerung

Faes, Urs: Der Traum vom Leben
Faes, Urs: Webfehler
Farner, Konrad: Lesebuch
Fringeli, Dieter: Das Heimatlos
Geiser, Christoph: Disziplinen
Geiser, Christoph: Mitteilung an Mitgefangene
Geiser, Christoph: Zimmer mit Frühstück*
Ghalem, Ali: Die Frau für meinen Sohn*
al-Ghitani, Gamal: Seini Barakat*
Greising, Franziska: Kammerstille*
Habibi, Emil: Der Peptimist*
Habibi, Emil: Sarâja, das Dämonenkind
Habibi, Emil: Das Tal der Dschinnen*
Horem, Elisabeth: Der Ring
Huber, Leopold: Zug nach Süden*
Ibrahim, Sonallah: Der Prüfungsausschuss*
Idris, Jussuf: Die Sünderin
Jenny, Matthyas: Alles geht weiter, das Leben, der Tod*
Jenny, Matthyas: Die Beschreibung der Tiefsee
Kanafani, Ghassan: Bis wir zurückkehren*
Kanafani, Ghassan: Das Land der traurigen Orangen*
Kanafani, Ghassan: Männer in der Sonne / Was euch bleibt
Kanafani, Ghassan: Umm Saad / Rückkehr nach Haifa*
al-Koni, Ibrahim: Blutender Stein*
al-Koni, Ibrahim: Goldstaub
Kuhn, Heinrich: Boxloo
Kuhn, Heinrich: Harrys Lächeln
Kuhn, Heinrich: Schatz und Muus*
Kuhn, Heinrich: Der Traumagent
Laabi, Abdellatif: Kerkermeere
Laplace, Yves: Ein vorbildlicher Mann
Lehner, Peter: Bier-Zeitung
Lehner, Peter: Lesebuch
Lehner, Peter: Nebensätzliches
Lehner, Peter: WAS ist DAS
Lexikon der Schweizer Literaturen
al-Machsangi, Muhammad: Eine blaue Fliege
Mangold, Christoph: Keine Angst, wir werden bewacht
Mangold, Christoph: Zdenka
Marti, Kurt: Der Geiger von Brig
Marti, Kurt: Heil-Vetia
Marti, Kurt (Hrsg.): Natur ist häufig eine Ansichtskarte
Mercanton, Jacques: Die Stunden des James Joyce
Mina, Hanna: Bilderreste

Morgenthaler, Hans: HAMO, der letzte fromme Europäer …
Morgenthaler, Hans: Der kuriose Dichter
Munif, Abdalrachman: Östlich des Mittelmeers
Naana, Hamida: Keine Räume mehr zum Träumen
Nasrallah, Emily: Flug gegen die Zeit
Nasrallah, Emily: Septembervögel*
Nasrallah, Emily: Das Pfand
Renschler, Regula (Hrsg.). Wer sagt denn, dass ich weine
Rivaz, Alice: Aus dem Gedächtnis, aus dem Vergessen
Rivaz, Alice: Der Bienenfriede*
Rivaz, Alice: Schlaflose Nacht*
Rivaz, Alice: Wolken in der Hand*
Roth-Hunkeler, Theres. Die Gehschule*
al-Sajjat, Latifa: Durchsuchungen
Salich, Tajjib: Zeit der Nordwanderung
Saner, Hans: Die Anarchie der Stille*
Sekula, Sonja: Im Zeichen der Frage, im Zeichen der Antwort
al-Scheich, Hanan: Sahras Geschichte*
Schmidli, Werner: Meinetwegen soll es doch schneien*
Schneider, Hansjörg: Der Bub
Schwarzenbach, Annemarie: Auf der Schattenseite
Schwarzenbach, Annemarie: Bei diesem Regen*
Schwarzenbach, Annemarie: Freunde um Bernhard*
Schwarzenbach, Annemarie: Jenseits von New York*
Schwarzenbach, Annemarie: Lyrische Novelle
Schwarzenbach, Annemarie: Tod in Persien*
Stalder, Robert: Ein Schatten zuviel
Stark-Towlson, Helen: Die Frau im Park
Tamer, Sakarija: Frühling in der Asche
Walter, Otto. F.: Folgendes
Wiesner, Heinrich: Das Dankschreiben
Wiesner, Heinrich: Lakonische Zeilen
Wiesner, Heinrich: Der längste Karfreitag
Wiesner, Heinrich: Der Riese am Tisch*
Wiesner, Heinrich: Schauplätze
Wiesner, Heinrich: Welcher Gott denn ist tot
Wiesner, Heinrich: Die würdige Greisin
Z'Graggen, Yvette: Matthias Berg
Ziegler, Hilde: Während der Verlobung …*
Zimmermann, Curt: Zechprellen

* als Taschenbuch in der Reihe LENOS POCKET